Ein Llyw Cyntaf

TWM MORYS

dros

JAN MORRIS

GOMER

Argraffiad cyntaf—2001

ISBN 1 84323 004 6

Dymuna'r cyhoeddwyr gydnabod cymorth Cyngor Llyfrau Cymru.

Cyhoeddir y gyfrol hon gyda chymorth Cyngor Celfyddydau
Cymru.

Argraffwyd yng Nghymru gan
Wasg Gomer, Llandysul, Ceredigion

CYNNWYS

RHAGAIR Y CHWEDLEUWR

Gwlad yn llawn o chwedlau ydi Cymru, yn straeon Tylwyth Teg, yn straeon arswyd, ac yn gelfyddyd swrealaidd. Bydd ambell un o'r rhain fel petai'n magu ei gwirionedd ei hun.

Chwedl ydi hon am Arlywydd cynta'r Weriniaeth Gymreig. Fel y gŵyr pawb, Llywelyn ap Gruffydd, a laddwyd gan y Saeson wrth y bont dros Irfon ym 1282, oedd Ein Llyw Olaf. Ac ar ei ôl o, mi gollodd y Cymry eu hannibyniaeth.

Ond fel y gŵyr pawb bellach hefyd, mi ddaeth Llywelyn arall, a throi hanes yn ei ôl. O dan arweiniad hwn, mi adferwyd annibyniaeth sofrannaidd Cymru wedi'r holl ganrifoedd, ac yr ydym yn ei anrhydeddu heddiw fel sylfaenydd ei genedl. Efallai na fyddai hyn wedi digwydd oni bai bod y Deyrnas Unedig wedi cael ei goresgyn gan yr Almaenwyr yn yr Ail Ryfel Byd, ac mae'r hanes yn dechrau mynd yn chwedloniaeth eisoes. *Mae Ein Llyw Cyntaf* yn adrodd y ffeithiau'n gywir ac yn ddi-lol. Achos does dim dau na fydd ystumio mawr arno yn nhreigl y canrifoedd, nes bydd y Llyw Cyntaf wedi cael ei ddyrchafu yn arwr neu yn sant.

CYNNIG

1 *Schinkel!*

'Schinkel!' meddai *Gauleiter* von Harden wrth ei ddirprwy. 'Pan fyddwch chi'n anfon y gwahoddiadau 'na wythnos nesa', gwnewch yn siŵr fod 'na un i Dr Parry-Morris, Coleg yr Iesu. Duw a ŵyr beth ydi enw cynta'r dyn. Samuel, mwn. Neu Moses, neu Aaron, neu Lefiticus. Cymro ydi o, ac mae gynnon ni waith iddo.'

'Ddylen ni ei osod o yn rhywle neilltuol? Oes 'na *Frau* Parry-Morris?'

'Wrth fy ochor i, Schinkel, wrth fy ochor i. Mi anwybyddwn ni'r drefn y tro hwn. Mae'n debyg nad oes dim gwraig.'

2 *Fawr o syndod i Parry-Morris*

Doedd y gwahoddiad ddim hanner cymaint o syndod i Parry-Morris ag y dylsai fod. Mi fyddai penaethiaid y colegau yn ciniawa o bryd i'w gilydd wrth fwrdd y *Gauleiter*, efo gwesteion pwysig eraill o bob cwr o Brydain. Ond anaml iawn y byddai rhyw greadur o ddarlithydd yn cael gwâdd. Ond wedyn doedd Parry-Morris ddim yn ddyn ofnadwy o wylaidd. Roedd o'n adnabyddus iawn yn Rhydychen, neu felly y tybiai, fel

9

awdurdod mawr ar ganu mawl yr Oesoedd Canol. Ac roedd o'n sicr yn un o'r cenedlaetholwyr ucha'u cloch. On'd oedd o wedi dal ati i gyhoeddi achos Cymru, hyd yn oed ar ôl goresgyniad yr Almaenwyr, mewn erthyglau yn frith o gyfeiriadau hanesyddol, mewn llythyrau bach piwis at olygyddion, ac o dro i dro mewn cyfweliadau radio a theledu? Samuel, mae'n wir, oedd ei enw o cynt. Mi newidiodd hwnnw i Llywelyn – o barch at ein Llyw Ola', wrth reswm, ond hefyd am fod Llywelyn yn well enw o lawer ar un wedi'i ddewis i sefyll yn yr adwy . . .

A dyma fo'n camu'n fras tua Christ Church, yn ddyn bychan o gorff, ond yn dŵr yn ei olwg o'i hun. Roedd o'n llawn ddisgwyl y câi o eistedd ar aswy law ei noddwr, fel rhyw lysgennad, ac mi gafodd o hefyd! Roedd Coleg Christ Church erbyn hyn, yn unol â gorchymyn y *Führer* ei hun, wedi'i droi'n bencadlys i Lywodraeth y Brotectoriaeth. Roedd Parry-Morris wedi bod yn y lle ambell waith ers hynny. Ond fuodd o ddim yn y neuadd wledda fawr Duduraidd ers i Brydain ildio, ac roedd arno awydd gweld sut beth fyddai cyfeddach Natsïaidd yn Rhydychen. A dyna ddŵr o'i ddannedd, fel y dôi o ddannedd rhywun yng nghanol yr hen Brydain luddedig a llwglyd honno wrth feddwl am wleddast fawr Almaenig.

3 *Yr amgylchiadau anochel*

'Welwch chi zim llawer wedi altro yn y koleg,' meddai'r *Gauleiter* wrtho mewn Saesneg perffaith, a'r hen risiau yn codi fesul bwa o'u blaenau. 'Mae Herr

Hitler yn awyzus iawn inni anrhydezu trazodiadau Lloegr hynny allwn ni, yn enwedig hen drazodiadau bonhezig Christ Church. Fe fu rhyw fân newidiadau, wrth reswm. Ont rwy'n gobeithio y kytunwch chi mai ychydig iawn rydan ni wedi amharu ar naws y lle, o dan yr amgylchiadau anochel.' Ar yr olwg gynta', roedd pob dim yn ei le hefyd. Roedd y portreadau yn dal yn rhesi hyd y parwydydd. Roedd sglein o hyd ar yr hen fyrddau derw. Roedd yr arian yn disgleirio. Wrth y byrddau isa', lle byddai'r is-raddedigion yn bwyta cynt, roedd y cannoedd swyddogion ifanc a chlarcod o'r pencadlys, a'u gwragedd. Ar y bwrdd ucha' roedd twrr o uwch-swyddogion milwrol, a staff y blaid, a genod hardd pryd golau, rhai ohonyn nhw â'u gwalltiau'n blethi. Ond ynghanol y rheini, roedd 'na ryw ddyrnaid o wynebau cyfarwydd. Ambell i bennaeth coleg efo'i wraig; yr Arglwydd Brackenthorpe, Gweinidog Lleiafrifoedd Llywodraeth Gyswllt Prydain, wedi picio draw am y noson o Lundain. Roedd portread mawr Holbein o Harri VIII wedi'i dynnu oddi ar y pared pella'. Yn ei le roedd darlun o Adolf Hitler yn ei lawn hyd – hunan-bortread, yn ôl y si yn Rhydychen. Ac yn lle hen weision annwyl blêr y coleg, roedd 'na ryw lafnau o filwyr ifanc. Ond yr un hen oglau oedd yno o hyd. Oglau'r blynyddoedd, oglau pren a gwin a bwyd. A dyna'r *Gauleiter* yn curo'r bwrdd â'i fwrthwl bach arian i beri gosteg, ac yn dweud yr hen ras di-lol: Benedictus, benedicat.

'Ydych chi'n gwelt,' meddai wedyn, gan daro ei napcyn
yn ei golar, 'mae popeth fwy neu lai fel yr oez. Hyt yn
oet portreadau'r enwogion. Ydi hynny zim yn dangos
rhyw agwez go oleuedig, dywedwch? Dacw Gladstone!
Lewis Carroll hefyt! Hyt yn oet yr hen Auden!'

'Gresyn yr un fath,' meddai Parry-Morris, 'na fyzai
. . . na fyddai'r Brenin Harri VIII yn dal ym mhen y
bwrdd. Cymro Cymraeg oedd hwnnw, fel y gwyddoch
chi. Ond am y tri rydach chi wedi'u henwi o blith y
mawrion i gyd, wel, dyna ddewis craff, *Gauleiter*!
Roedd cartre Gladstone, draw yn Sir y Fflint, fymryn
yn rhy agos i ffin Lloegr, dw i ddim yn dweud. Ond
roedd o'n llefarydd dygn dros hunan-reolaeth. Lewis
Carroll wedyn. Mi wyddoch chi, rwy'n siŵr, fod
hwnnw wedi anfarwoli Llandudno yn *Alice in
Wonderland*. Ac er na ddaeth y dyn â llawer o fri i'r
enw, mae lle i gredu nad ydi 'Auden' ond yn llygriad
o'r hen air Cymraeg 'gwawdwyn', sef 'gwynfydedig
mewn cerddi'. Ydach chi wedi dysgu ambell air o
Gymraeg ers pan ydach chi yn yr ynysoedd hyn?'

'Nazo, gwaetha'r moz. Fe zeuthum i yma, fel y
gwyzoch chi, ar fy union o'r *Generalgouvernment* yn
Krakov, ac mae fy nyletswyzau'n drwm iawn. Ond
rydw i'n bwriadu bwrw izi kyn gyntet ag y kaf funut o
hamzen.'

Oedd o o ddiawl! Doedd 'na ddim llawer o ddim
byd yn pwyso llai ar ei feddwl na'r iaith Gymraeg. Ond
felly'r aeth y sgwrs yn ei blaen yn gwrtais ddigon, a
nhwythau'n cyrraedd at y cig llo rhost, a'r gwin
bwrgwyn. 'Yn ffodus, mae moz inni gael kyflwenwat

hyt yn oet ar adegau anoz fel hyn'. Wedyn, mi ddaeth hi'n amser ymneilltuo i'r hen Uwch Stafell Gyffredin gynt. A dyna'r *Gauleiter*, a'i lasiad port yn ei law, yn tywys Parry-Morris i gornel ddistaw. 'Neb i darfu, Schinkel, os gwelwch chi'n dda.'

5 *Dizordeb neilltuol y Führer*

'Fel y gwyzoch chi, efallai,' meddai von Harden yn ei glust, 'mae gan y *Führer* zizordeb neilltuol yn eich pobl chi. Ac mae ef wedi fy siarsio i i'ch gwneut chi'n zizordeb neilltuol i minnau. Mae e'n dal i gofio kyfarez kwrz â'ch Lloyt George chi. Mae'n wir nat Ariait mohonoch chi Gymry fel y kyfryw. Ond kenedl ydach chi syz wedi kadw purdeb ei gwaet, ac ymwybyzaeth ei *volk*, drwy ganrifoez o ormes ac ymyrraeth y Saeson. Rydan ni'n parchu y fath gadernit. Mae'r un un rhinwez ynom ninnau, wyzoch chi.'

'Yndi, siŵr iawn, Herr *Gauleiter*!' meddai Parry-Morris. 'Fedrai eich gelyn pennaf ddim dweud llai. Rydan ni'n gweld yn eich brwydr ddiflino yn erbyn yr anffyddwyr Sofietaidd 'ma mor gadarn ydi'r egwyddorion a'r argyhoeddiad gawsoch chi gan eich tadau. Ac rydw i'n credu bod yr un rhuddun i'w weld yn niwylliant capelaidd y Cymry – yn enwedig yng nghefn gwlad, lle mae'n hiaith a'n traddodiadau ni wedi para wytna'n drwy'r canrifoedd hir o dan yr iau.'

'Parry-Morris bach!' meddai'r *Gauleiter* dan chwerthin. 'Digon hawz dweut mai Kymro ydach chi! Tybet sut y byzai'r frawzeg gerzorol ogonezus yna yn swnio yn Gymraeg?'

'Mae pob peth yn harddach yn iaith Duw.'

'Debyg iawn, debyg iawn,' meddai'r *Gauleiter*, heb fod yn siŵr iawn beth i'w ddweud, a dychwelyd at ei bwnc. 'Rydan ni yn deall hefyt mor andwyol fu dylanwat Seisnigrwyz ar eich hen fforz o fyw. Y mewnlifiat di-dor, a llanw di-bait y radio a'r teledu a'r wasg. Er, kofiwch chi, mae pethau'n well ers pan ydan ni wedi sefydlu ein Protectoriaeth.

'O, yndyn, does dim dau. Ac rydan ni'n ddiolchgar iawn. Ond rydw i am ichi ddeall o'r cychwyn cynta' un, *Gauleiter*, fod eich athroniaeth yn troi arnaf i. Waeth imi heb â hel dail na churo twmpathau. Mi ddyweda'i'n blwmp, ac mi ddyweda'i'n blaen: Dydw i ddim, a fydda'i byth, yn ffasgydd.'

'Wel, na fyzwch, siŵr! Peidiwch â chynhyrfu, gyfaill! Dydan ni zim yn disgwyl i bawb o'n kyfeillion gorau ni, hyd yn oet, gydwelt yn llwyr â ni. Ont gobeithio y byz ein polisi newyz tuag at Gymru yn zerbyniol. O Germania y daw ef, a'm dyletswyz i yw ei roi ar waith. Y Deimensiwn Kymreig rydan ni'n ei alw ef. Ydach chi'n gwelt, Dr Parry-Morris, mae safiat gwrthnysig kenedl y Kymry wedi kreu kryn argraff ar y *Führer*. Ac mae arno ef awyz eich helpu chi i ennill yr hyn rydach chi eich hun, fe wn, Herr Doctor, yn dyheu amdano, sef annibyniaeth – yn ziwylliannol, yn hiliol, ac yn wleidyzol. Mae ef eisiau eich rhyzhau, a'ch gwahanu unwaith ac am byth ozi wrth Loegr, er mwyn ichi gael byw yn unol â'ch gwerthoez eich hunain yn eich Mamwlat eich hunain. Fe fydd Simrw yn genedl unwaith eto!'

'Cymru.'

'Mae'n zrwg gen i?'

14

'Cymru ydi enw ein gwlad ni, o'r Brythoneg *combrogos, 'cydwladwyr'. Daw o'r elfennau *com-'ynghyd' a *brog- 'gwlad'. Does wnelo eich gair chi "kamerad", er ei debyced, ddim, â fo.'

'Mazeuwch imi, Herr Doctor! Peidiwch byth â bod ofn fy nghywiro i ar faterion felly. Bod yn gywir tuag at genedl y Kymry, yn unol â dymuniat taer y *Führer*, ydi fy unig nôt i. Dewch nawr, Dr Parry-Morris! Gadewch inni yfet gyda'n gilyz, yn hyn o beth o leiaf, i ddyfodol newyz eich gwlat annwyl, KYm-ru! Dyna chi, ydach chi'n gwelt! Rydw i'n dysgu yn barot!'

6 *Llymeityn bach*

Roedd y trefniadau ar gyfer y dyfodol newydd, erbyn deall, wedi mynd rhagddyn' yn reit bell yn barod. Yn gynta', bu'n rhaid penderfynu pwy yn union oedd y Cymry. 'Yn hyn o beth, rydan ni wedi pwyso ar wladgarwch brodorol eich pobl. Fe gofiwch chi, efallai, inni ofyn yn y Kyfrifiat y llynez i bawb nodi eu kenedl. 'Kymro' roesoch chi, wrth reswm. Ac o adnabot eich *com . . . eich *comber . . .'

'*Combrogos.'

'Y rheini! O'u hadnabot nhw, fe fentraf fod pob un Kymro a Chymraes, o fewn Kymru a dros y ffin, wedi gwneut yr un moz. Wnaf i mo'ch pechu chi, Herr Doctor, os dywedaf mai ychydig ar y naw o Saeson neu o Albanwyr fyz wedi kofrestru fel Kymry. A'r penderfyniat felly yw mai'r genedl Gymreig fyz pawb syz wedi datgan eu bot yn Gymry.'

'Da iawn, wir,' meddai Parry-Morris. 'Siort orau.'

A dyna diriogaeth y Famwlad wedyn. Anymarferol, meddai'r *Gauleiter*, fyddai gwneud Cymru i gyd yn wlad ar wahân yn syth bin. Mi fyddai'n rhaid deol ardaloedd Seisnigaidd diwydiannol y De a'r Gogledd-Ddwyrain am y tro. Ardal filwrol oedd y glannau môr i gyd. Mi fyddai ffin newydd yn creu Cymru gryno, wledig, heb fod yn orlawn, a'i thrigolion hi yn Gymry bron i gyd, a'r rhan fwya' o'r rheini'n siarad Cymraeg. O fewn ei ffin, byddai tair tre' farchnad fechan – Machynlleth, Dolgellau a Llanidloes (er cymaint o waith ynganu oedd arnyn nhw) – a hefyd Eryri. Y cynllun oedd annog pawb oedd wedi cofrestru fel Cymry i fudo i'r ardal gyfyng ond hardd hon, sef Cymru Newydd. Ac annog y Saeson i gyd i'w hel hi yn eu holau i'w hardaloedd helaeth hyll.

'Bendigedig!' meddai Parry-Morris. 'Peth felly fu'n nod ni erioed!'

Gellid dadlau, meddai'r *Gauleiter* wedyn, na fyddai modd i'r ardal gynnal poblogaeth newydd mor fawr. Ond ar y ffrynt yn Siberia – lle byddai'r Almaenwyr yn cario'r dydd, wrth reswm, ym mhen hir a hwyr – roedd 'na alw mawr o hyd am nwyddau o bob math. Beth petasai'r Uwchreolaeth yn adeiladu nifer o ffatrioedd arfau yn y Fro Gymraeg? Byddai'r rheini'n rhoi gwaith i bawb, ac yn rhoi i'r genedl ryw ymdeimlad o berthyn ac o nod cyffredin.

'Heddychwr ydw i, wrth gwrs,' meddai Parry-Morris, 'ond fedra'i ddim gwadu bod 'na synnwyr yn y cynnig.'

'Dyna ni, te!' meddai'r *Gauleiter*. 'Rydan ni wedi penderfynu pwy yw'r Kymry. Rydan ni wedi pennu terfynnau'r diriogaeth. Rydan ni wedi kreu sylfaen economaiz y genedl, ac fe fedrwn ni gyfri ar deyrngarwch ac ar frwdfrydez y dinasyzion. Y kwbl syz ar ôl, Dr Parry-Morris, ond mae hyn yn hynot, hynot bwysig, y kwbl syz ar ôl i'w drafot yw'r llywyziaeth . . .'

Mi gymerodd Parry-Morris lymeityn bach arall o'i bortyn (bu'n dipyn o giamstar ar y gwinoedd port ers talwm), a sbio i fyny ar y nenfwd.

'Fe fyzwch chi wedi dyfalu erbyn hyn pam y bu imi eich gwahoz yma heno. A oes rhywun arall, Dr Parry-Morris, â'r argyhoeziat, y gallu, y tân yn ei fol, ac, ie, y kariat yn ei galon i ymgymryt â'r fath orchwyl? Adfer i hen hen genedl ei bri a'i sofraniaeth! Fel y Grym Gwarcheidiol, fe allwn ni wneut rhyw gymaint i gynorthwyo, ond dim ond ychydig. Fe allwn ni osot yr hyn mae'r economwyr yn ei alw yn 'strwythur', a threfnu lle a pha bryt, a chynnig yr adnozau a'r profiat. Ond allwn ni zim rhoi'r ysbrydoliaeth, y Kymreigrwyz. Allwn ni zim kynnig arweinyz i'r Kymry.

'Wnewch chi zot i'r adwy, Dr Parry-Morris? Wnewch chi roi stamp dilysrwyz ar ein menter fawr?'

7 *Rhaid tywys cenedl*

Ac wrth hebrwng y Cymro at y drws, a syllu efo fo i fol y nos dros y cwod, lle'r oedd y gwarchodwyr yn camu, dyna'r *Gauleiter* yn gwasgu penelin Parry-Morris yn gynnes. 'Rydw i'n hynot o falch eich bot chi wedi kydsynio,' meddai. 'Boed i'r sêr godi'n awr ar Gymru newyz ogonezus! Mae 'na . . . un peth bach y dylwn fot wedi ei grybwyll, efallai . . . Neu efallai nat oes rhaid imi? Fedrwn ni zim dot i ben â'n bwriat heb elfen o . . . Beth zyweda'i? . . . o orfodaeth? Rydach chi'n deall hynny?'

'Felly y mae erioed, gwaetha'r modd. Rhaid tywys cenedl tua'i gogoniant. Drwg anorfod ydi hynny. Pobl ydan ni sydd yn gyfarwydd â thrallodion. Mi godwn ni uwchlaw iddyn nhw, er mwyn ein cenedl. Nos dawch, Herr *Gauleiter*. Cymru am Byth!

'Heil Hitler!' mentrodd Von Harden, heb fod yn siŵr iawn beth oedd Parry-Morris wedi i ddweud. A dyna'r gwarchodwyr yn camu'r funud honno heibio drws y stafell gyffredin, ac yn heilio'n ôl yn barchus. Soldiwrs mewn ciltiau oedden nhw, o Adran SS Bonnie Prince Charlie.

8 *Byw mewn byd drygionus*

'Wel, syr?' meddai Schinkel. 'Sut oedd y dewin? Ddaru o eich cyfareddu chi?'

'Tipyn o lembo, Schinkel, ond lembo digon difyr. *Oedd* ei enw cynta' fo yn Feiblaidd, gyda llaw?'

'Samuel sy ar ei dystysgrif geni. Ond rhywbeth andros o Gymraeg ar ei bapurau'.

'Pobol ddifyr ydyn nhw, wyddoch chi, Schinkel. Bechod mewn ffordd bod eu gwaed nhw . . . Ta waeth, nos da, Schinkel. Rydan ni'n byw mewn byd drygionus.'

'Nos da, syr', meddai'r dirprwy. 'Dwi'n falch bod pob peth wedi mynd mor ddigramgwydd. On'd oedd y cig llo yn flasus? A dyna gês ydi'r Arglwydd Brackenthorpe, yndê?'

GWAHODDIAD

1 *Penodi Gwahoddwr*

Am rai misoedd, mi gafodd Parry-Morris lonydd i fwrw ymlaen â'i waith ei hun – llyfryn bach am ddylanwad y salmau mydryddol ar chwedlau gwerin Gogledd Cymru, a phwt bach am ffurfiau trydydd person unigol y ferf gwybod yng Nghydymaith newydd Rhydychen i'r Meddwl Celtaidd – yn ogystal â'i ddyletswyddau fel tiwtor a darlithydd. Ac mi aeth yr Almaenwyr rhagddyn' â'r Dimensiwn Cymreig. Ond am fod y fath gyfyngu ar gyfathrebu o fewn Prydain, a'r fath wasgu ar y Wasg, 'doedd y cyhoedd ddim llawer callach. Dim ond drwy ganiad ar y ffôn bob hyn a hyn roedd Parry-Morris ei hun yn cael gwybod dim. 'Mae eich dyz yn dyfot, Parry-Morris!' meddai von Harden wrtho un tro. '*Der Tag*, yntê? Pan fyz hi'n amser ichi ymuno â'ch pobl yng nghartref eich tadau, fe rown ni wybot i chi. "Byzwch yn Barot!" Onit dyna mae'r Sgowtiait yn ei zweut? Yn y kyfamser, rydw i wedi rhoi awennau'r Deimensiwn yn nwylo un o'm dirpwryon gorau, Heinrich Schinkel. Efallai ichi gwrz yn y kinio mawr y noson honno? Swyzog hawzgar iawn. Fe wn y byzwch yn kymryt ato ef. Rydan ni wedi rhoi teitl dros dro izo, sef *Reich-Einlandiger*. Sut mae dweut hynny, dywedwch? Gwahozwr ar Ran y Reich, efallai?'

19

2 *Beth oedd yn digwydd yn iawn*

Dyna oedd yn digwydd yn iawn oedd bod y Reich-Kontrolle wrthi'n codi terfyn o amgylch ffiniau Cymru Newydd, yn wal goncrid ac yn fyrnau o weiren bigog. Roedd 'na dair mynedfa, dwy i gerbydau, ac un i drenau. Rhyw filwyr oedd gan y *Wermacht* wrth gefn oedd yn gwarchod y rhain. 'Pobol groendenau ydi'r Cymry 'ma, Schinkel,' chwedl y *Gauleiter*. 'Rhaid inni beidio â rhoi rheswm iddyn nhw gymharu'r Deimensiwn â rhyw weithgareddau eraill yn y dwyrain. Dydan ni ddim eisiau eich gwroniaid SS chi yma. Ddim am y tro, prun bynnag.' Yr un pryd, dyna orchymyn symud gorfodol yn cyrraedd yn nhŷ pawb yng Nghymru oedd wedi cofrestru fel Saeson yn y Cyfrifiad, yn dweud wrthyn nhw am fynd yn deuluoedd i Fachynlleth, lle byddai trên yn mynd â nhw i ardaloedd newydd yn Lloegr. 'Ad-drefnu poblogaidd' roedden nhw'n galw hyn. Ond roedd 'na bob mathau o fudo gorfodol yn digwydd drwy Brydain. Roedd 'na lafur yn cael ei symud yma ac acw; roedd 'na weithwyr yn cael eu gyrru i Ddwyrain Ewrop; roedd 'na labrwrs yn cael eu trosglwyddo; roedd 'na rai yn symud wrth wneud eu gwasanaeth cymdeithasol gorfodol, rhai yn symud fel gwirfoddolwyr meddygol, a rhai yn symud oherwydd yr ail-drefnu hiliol oedd yn rhan o Gynllun Mawr y Brotectoriaeth. Roedd hyn i gyd yn help garw i'r Reich ymladd eu rhyfel, a chadw'r brodorion yn y niwl yr un pryd. Yng nghanol y dryswch i gyd, o'r braidd y sylwodd neb ar ychydig o gannoedd o filoedd o bobol yn ymadael â Chymru.

A dyna hel y gweddill Cymreig i fil milltir sgwâr Cymru Newydd. Mi fyddai 'na waith llawn-amser yno o fewn misoedd, yn ôl yr addewid, a mynd o'u gwirfodd wnaeth y rhelyw ohonyn nhw. Roedd y rheini o ddiffeithwch yr hen ardaloedd diwydiannol yn gobeithio am well amodau byw. Roedd y rheini o'r ardaloedd gwledig wedi syrffedu ar gefn gwlad oedd yn ddiffeithwch hefyd o ran teithio a chyfathrebu. A dyna'r ffatrïoedd yn dechrau codi. Rhai reit ryw ddi-lol ac ymarferol, a rheolwyr o Gymry, o'r ardaloedd diwydiannol y tu hwnt i'r Deimensiwn, yn eu cael nhw'n barod i gynhyrchu, o dan orchwyliaeth arbenigwyr o gwmni Krupp a Siemen. Mi godwyd rhesi o gytiau hefyd ar gyfer y Cymry Alltud.

3 *Deddf 2607*

'Sut 'dach chi'n geirio'r Gwahoddiad, Schinkel? Nid mewn rhyw ffordd gas neu heriol, siawns? Cofiwch mai gwahoddiad ydi o, iddyn nhw wireddu eu breuddwyd.'

'Mi gewch chi'i weld o, syr. Mae'r proflenni gen i yma. Yn Almaeneg a Saesneg a Chymraeg.'

'Parry-Morris wnaeth y Cymraeg?'

'Pwy arall? Dim ond y rwdlyn mwya' ar gyfer y Deimensiwn Cymreig!'

'Gan bwyll rŵan, Schinkel! Ychydig o barch, chwarae teg.'

Gymry, yn ddynion, yn ferched, ac yn blant!

O dan amodau'r Deimensiwn Cymreig, drwy orchymyn ein hannwyl Führer, dyma wahoddiad i bob un ohonoch ddychwelyd, a hynny ar draul Llywodraeth y Brotectoriaeth, i Hen Wlad eich Tadau, lle y bydd cartrefi newydd a gwaith yn eich disgwyl. Yno cewch fyw yn unol â thraddodiadau eich cyndadau, yn rhydd o'r diwedd oddi wrth ormes Lloegr, yn anrhydeddu gyda'ch cydwladwyr ddiwylliant sydd wedi goroesi pob awel groes yn ystod yr wyth can mlynedd er colli eich annibyniaeth.

Gwahoddir chwi felly i fynd ar y [lle gwag i'r dyddiad], i orsaf [lle gwag i'r enw], gan ymorol bod eich papurau i gyd gyda chwi, a heb fynd â dim mwy o eiddo personol nag y medrwch ei gario.

Bydd unrhyw un sy'n gwrthod y gwahoddiad hwn yn agored i gael ei gosbi yn unol â Deddf 2607.

> *Aros mae'r mynyddau mawr,*
> *Rhuo trostynt mae y gwynt;*
> *Clywir eto gyda'r wawr*
> *Gân bugeiliaid megis cynt . . .*

HEIL HITLER! HENFFYCH HITLER! HAIL HITLER!

(arwyddwyd) Heinrich Schinkler, Gwahoddwr ar Ran y Reich

'Be' 'di Deddf 2607?' gofynnodd y *Gauleiter*.

'Rhyw Ddeddf ar y pryd, megis, syr.'

'Wela' i. Dwi'n leicio'r darn Heil Hitler 'na yn y tair iaith. Da iawn. Ond be' ddiawl 'di'r rwtsh 'na o'i flaen o?'

'O, Parry-Morris oedd isio hwnnw. Roedd o'n dweud y basai fo'n ysbrydoliaeth.'

'Fo piau fo?'

'Naci. Rhyw dderwydd neu rywun,' meddai fo. ''Dan ni am ei argraffu o mewn gwyrdd, sef y lliw cenedlaethol. On'd ydi rhywun yn dysgu pethau, wrth wasanaethu'r Reich!'

22

4 *Mae o'n digwydd!*

Roedd Parry-Morris yn eitha' bodlon ar eiriad y Gwahoddiad, heblaw am y sôn am Ddeddf 2607 ('mater o ffurfioldeb, wyddoch chi,' meddai Schinkel. 'A dweut y gwir, does dim ffasiwn Ddeddf yn bot.') Mi gynhesodd drwyddo wrth weld bod *Aros Mae* yno hefyd. Ei syniad o ei hun oedd argraffu honno mewn gwyrdd. Doedd o ddim ar ei hôl hi, chwaith, yn cydnabod hyn i gyd un bore wrth ei ddisgybl Emrys Owen o Kingston-upon-Thames, a hwnnw wedi sôn ei fod o, a phawb o'i deulu, wedi derbyn copi o'r Gwahoddiad drwy'r post.

'Mae o'n digwydd, felly! O, gwyn eich byd, genhedlaeth gynta'r Dychweliad! Ydach chi'n cofio, Emrys, yr hen wawdodyn byr yn y Llyfr Coch y buon ni'n ei drafod ychydig yn ôl?

> Oian borchellan, borchell dedwydd!
> Neud llachar eawg yn afonydd!
> Neud llawen llu yn heolydd! – Neud llon
> Calon Brython ar fore newydd!

On'd ydi o'n darogan i'r dim yr hyn sy'n digwydd heddiw? Fedra'i ddim dweud, cofiwch, fod yr amgylchiadau yn hollol fel y dymunwn i. Fel y gwyddoch chi, Emrys bach, fuodd gen i erioed ddim byd i'w ddweud wrth yr un drefn dotalitaraidd, boed o dan Norman neu Natsi. Ond "Rhagluniaeth fawr y nef," Emrys! "Mor rhyfedd yw esboniad helaeth hon o arfaeth Duw," chwedl David Charles, brawd Thomas Charles, a gafodd ei addysg yma yn Rhydychen, fel y cofiwch chi.

23

"Mae'n tynnu yma i lawr, yn codi draw . . ." Cofiwch hynna, Emrys, a diolchwch am gael bod ymhlith y rhai cynta' i weld geni Cymru o'r newydd!'

'Ond beth am y Ddeddf 2607 'ma?' meddai Emrys. 'Does 'na neb yn leicio sŵn honno llawer.'

'O, hitiwch befo honno. Dwi'n nabod y sawl sy'n gyfrifol am y Deimensiwn Cymreig. Swyddog hawdd iawn gwneud efo fo. Mae o'n dotio at bob dim Cymreig, yn enwedig barddoniaeth Gymraeg. Ac mae o wedi fy sicrhau i mai dim ond fel rheidrwydd biwrocrataidd y crybwyllwyd y peth o gwbwl. Prun bynnag, fy machgen i, pwy yn ei iawn bwyll fasai'n gwrthod y fath gynnig? 'Ydach chitha' ddim ar dân, Emrys, am gael sefyll yn ddyn rhydd ar eich tir eich hun?'

'Dwi ddim yn siŵr iawn,' meddai Emrys. 'Fues i erioed yno.'

5 Mae Parry-Morris yn blodeuo

Ar ôl i fanylion bras y Deimensiwn Cymreig ymddangos yn y Wasg swyddogol, roedd galw mawr ar Parry-Morris i'w hegluro nhw. Mi gyhoeddwyd y byddai o yn dychwelyd, pan fyddai sylfeini'r Gymru Newydd yn eu lle, i ymgymryd â dyletswyddau Y Llyw. Ac nid cyfieithiad mo hwnnw o'r teitl Almaeneg, wrth reswm.

Yn ei goleg o, sef hen goleg y Cymry, rhyw ffilsyn-ffalsiach oedd y dyn yng ngolwg rhai. Ond mi gadwodd ei ben wrth ddadlau ei achos. Doedd mynd ar gefn yr Almaenwyr i godi'r Cymry yn eu hôl ddim mymryn mwy gwrthun na mynd at y Comiwnyddion er mwyn curo'r Ffasgiaid. 'Mi glywsoch chi Churchill ei hun yn dweud y byddai'n fodlon ciniawa efo'r Diafol fory nesa'n y byd, tasai rhyw ddaioni'n dod o'r peth. Yn yr un modd, does arna' i ddim ofn barnedigaeth ein Creawdwr wrth dderbyn cymorth Grym drygionus at ddiben daioni. Gwell lli rydlyd na chyllell heb lafn, fel y dywed yr hen air. A dyna, gyfeillion, gyfiawnhau fy ngweithredoedd.' Doedd ei gydweithwyr ddim yn gwbwl argyhoeddedig. 'Wel, fe fydde'r Crawts uffern yn ca'l gafel mewn clown fel Parry-Morris, yn bydden nhw?' oedd sylw un o'r athrawon ifenga'. Ond roedd holl natur y Deimensiwn Cymreig mor fwriadol annelwig, ac roedd calon a phen Prydain wedi drysu cymaint ar ôl trychineb y gorchfygiad, fel nad oedd fawr neb yn barod i daeru efo fo.

Roedd 'na fwy o barch iddo fo y tu allan, fodd bynnag. Mi ofalodd yr Almaenwyr am hynny. Doedd 'na'r un stiwdio radio na theledu ym Mhrydain heb ei gyd-gyfarwyddwr swyddogol, yr un papur newyddion heb ei ddyn pensal las. Ac mi gyhoeddwyd penodiad Llywelyn Parry-Morris heb ganu pibau a chyrn, ond heb wneud hwyl am ei ben o chwaith. Yn ei gyfweliadau mynych efo'r cyfryngau, ar sioeau siarad ar y teledu, a rhaglenni ffonio ar y radio, roedd Parry-Morris yn fwy huawdl nag y bu erioed. Roedd ei sgwrs yn un carlam o chwedlau a hanes. Mi ddôi marchogion yr hen amser ar ffulltuth drwy ei esboniadau. Roedd 'na achau hir yn garn i'w ddadl. Atseiniai enwau fel Siôn ap Siencyn ap Huw ap Meredydd ym mharlyrau Nether-Wallop gyda'r hwyr.

Doedd arno fo ddim cywilydd diolch i awdurdodau'r Brotectoriaeth, chwaith, am beri i'r freuddwyd ddod yn wir o'r diwedd. Diolch i Adran Bropaganda'r Brotectoriaeth, roedd y Saeson yn cael gwybod am y tro cynta' bod y fath genedl yn bod, a bod ganddi hawliau, a bod cam mawr wedi'i wneud â hi o dan lywodraeth y Sais. A doedden nhw wedi dechrau ei galw hi yn Gymru hyd yn oed, a dweud yr enw'n iawn? Cyn pen llawer, roedd pawb wedi cymryd at Parry-Morris: 'Jiawch! Rhaid ichi gyfadde,' meddai'r athro ifanc, 'mae gyda'r rhechwr bach ddawn gweud.'

6 *Mae Parry-Morris yn credu*

'Rydach chi'n rhoi lot o raff i'r Parry-Morris 'ma, *Gauleiter*!' meddai'r Arglwydd Brackenthorpe, Gweinidog y Lleiafrifoedd, un diwrnod. 'Yn y gobaith y crogith ei hun, debyg?'

'Wel, nage wir. Yn Llywodraeth y Brotectoriaeth, mae gennym ni dipyn o fezwl ohono, ac rydan ni'n gwerthfawrogi ei gyfraniat i zatblygiat y Deimensiwn Cymreig'.

'Tynnwch y llall!' meddai'r Arglwydd Brackenthorpe.

'Ha, ha! 'Tynnwch y llall'! Mae kyfoeth ac amrywiaeth eich iaith lafar yn rhyfezot! Ond, o zifri'n awr, rydan ni'n ziolchgar i Parry-Morris. Mae ef yn gweithio, wrth gwrs, o fewn terfynau o'n dewis ni ein hunain. Ac mae ef yn gwneut gwaith da, yn fy mezwl i, yn kyhoezi ein parch diffuant ni at y syniat o genedl Gymreig, a'n bwriat ni i adfer annibyniaeth lawn i'r Kymry mewn gwir gartref kenedlaethol. Ar hyn o bryt, mae ef yn zefnyziol yn darlledu ein polisiau i'r kyhoez. Pan fyz ef wedi ymgymryt â'i zyletswyzau fel Y Llyw – ydach chi'n gyfarwyz â'r ymadroz? Mae'n golygu *Führer*... Fel roezwn i'n dweut, pan zaw ef, Parry-Morris, yn ei ôl i Gymru, i gymryt yr awennau, fe fyz ei bresenoldeb ef yn gadarnhat i'r byt o'n hamcanion dyngarol ni.'

'Os ydi'r byd yn credu hynna, fe gredith rywbeth,' meddai'r Arglwydd Brackenthorpe.

'Wel, dywedwch chi,' meddai'r *Gauleiter*. 'Mae Parry-Morris yn ei gredu.'

CANU'N IACH

1 *Mae'r Gwahoddiad yn dwyn ffrwyth*

O dipyn i beth, fel yr âi'r wythnosau heibio, dyna'r
Gwahoddiad yn dechrau dwyn ffrwyth, a llond trenau o
Gymry yn ei hel hi am y gorllewin o brif orsafoedd
Lloegr. Roedden nhw'n drenau digon cysurus, a dweud
y gwir. Ac er eu bod nhw'n llawn dop dynn, a'r
Gwahoddedigion heb gael dod â fawr ddim efo nhw,
doedd y rhesi gwynebau yn y ffenestri ddim i gyd yn
gwgu. Roedd llawer ohonyn nhw'n reit ryw hwyliog.
Roedd bron iawn pawb wedi clywed un o sgyrsiau
radio calonogol Parry-Morris, neu wedi gweld yr hen
swynwr wrthi ar y teledu. Digon diflas oedd bywyd yn
Lloegr, prun bynnag. Ac roedd calonnau hyd yn oed y
rheini fu'n Saeson ers blynyddoedd, neu ers
cenedlaethau, yn dechrau cynhyrfu wrth i'r trên
gloncio i ffwrdd tua gwlad eu teidiau. Bu'r rheini â
Chymraeg yn ffeind wrth y rheini oedd heb – mi ddôi
mewn cachiad Nico. A'r rheini oedd wedi bod yng
Nghymru o'r blaen yn canu ei chlodydd wrth y rheini
oedd heb fod dim nes na Birmingham yn eu byw.
Roedd y trenau yn ddreigiau cochion drostyn'. Ac yn
aml, wrth ddisgwyl iddyn nhw fynd heibio rhyw
groesfan, mi glywai pobol yn eu ceir sŵn canu corau.

O Rydychen yr aeth y trên cynta', 'OX1', a hynny'n
symbolaidd iawn. Rhydychen oedd canol un un
Prydain, yn ôl Myrddin. Yn Rhydychen roedd
pencadlys y Brotectoriaeth Almeinig, a phreswylfa'r
Gauleiter. Ac yn Rhydychen hefyd roedd Parry-Morris
yn byw. Byth ers dirwasgiad y 30au, roedd 'na
boblogaeth go fawr o Gymry o amgylch ffatrïoedd
Cowley ar gyrion y ddinas. Ac roedd 'na Gymry yn y
Brifysgol ers talwm iawn. A dyma Sbesial gynta' un y
Gwahoddiad yn barod i'w chychwyn hi, ar Ddydd
Gŵyl Dewi Sant, o'r orsaf ar ffordd Botley. Mi aeth
Parry-Morris i ganu'n iach iddi, wrth reswm, a horwth
o genhinen yn ei lapél, yn hytrach na'r genhinen bach
Bedr oedd gan y rhelyw o bobol. Mi aeth efo'r
Gwahoddwr, yng nghefn y Mersedis mawr du, a'r
swasticas bach yn chwapio bob ochor iddo. Roedd 'na
warchodwyr arfog yn y car agored y tu ôl iddyn' nhw, a
gosgordd foto-beics yn heidio fel gwenyn meirch o'u
cwmpas fel y cyrhaeddon nhw'r orsaf.

Roedd y Gwahoddedigion yn eistedd ar y trên
eisoes, a band ar y platffform. A dyna siom o'r ochr
orau i Parry-Morris oedd gweld nad band milwrol mo
hwnnw, ond Seindorf Bres Gwaith Moduron Cowley. A
dyna nhw'n bwrw iddi. 'Gwell i chi fynt gyntaf, Parry-
Morris,' meddai'r Gwahoddwr, 'chi sy am fot yn Llyw.'
Ac fel roedd y Ddau Gi Bach yn mynd i'r coed, dyna'r
Darpar-Lyw, fel dryw yn ei gôt fawr las, yn camu hyd y
platfform, a swyddogion y Llywodraeth Brotectoraidd,
a'r Llywodraeth Gyswllt, a chynrychiolwyr Cyngor
Dinas Rhydychen, a haflug o ddynion camera a

newyddiadurwyr i'w ganlyn. Mi welai Parry-Morris amryw o'i gydnabod yn sbecian arno fo drwy ffenestri'r trên.

Roedd y Gwahoddedigion yn eistedd yn ôl lle'r oedd pen eu taith – rhai Machynlleth mewn un cerbyd, rhai Llanidloes mewn cerbyd arall, rhai Dolgellau mewn trydydd. Yn ffenest cerbyd Llanidloes, dyna Emrys Owen yn codi ei law ar y Darpar-Lyw; yn un Machynlleth, sef y dre' fyddai'n ganolfan weinyddol i Gymru Newydd, mi welai Parry-Morris wyneb cuchiog Syr Gwilym Adam-Jones, Meistr Coleg yr Iesu, a gwyneb ffyrnig ei wraig, Miriam, a gwyneb del eu merch nhw, Angharad. Syndod bod honno mor uffernol o glws hefyd. Roedd y peth fel bwrw golwg dros res o filwyr. Mi syllai'r gwynebau'n wag drwy'r ffenestri, a neb yn gwybod yn iawn sut i ymddwyn. A bob hyn a hyn byddai Parry-Morris yn oedi, i wneud siâp 'sut mae?' efo'i geg wrth ryw gydnabod prifysgol, neu i foesymgrymu i ryw ferched, neu i chwifio ei fysedd ar ryw blant, a'r Almaenwyr yn oedi y tu ôl iddo, dan wenu. Pan ddaethon nhw at yr injan, mi aeth Parry-Morris, fel y bydd brenhinoedd, i dynnu sgwrs bach efo'r gyrrwr, oedd yn plygu drwy ffenest ei gaban. 'Ac o lle 'dach chi'n dŵad?' meddai Parry-Morris. 'You what?' meddai'r gyrrwr.

Heb droi'r un blewyn, mi ddringodd Parry-Morris i ben rhyw faen llog bach, a Schinkel wrth ei ochr o, i wneud anerchiad ffarwelio byr. Ychydig o'r gwahoddedigion oedd yn ei glywed o, ond doedd dim ots am hynny: on'd oedd y meicroffons a'r camerâu yno?

'Gyfeillion annwyl a chydwladwyr,' meddai. 'Ar yr

awr hanesyddol hon yn hanes ein cenedl, rydw i'n eich llongyfarch chi, ac yn dymuno'n dda ichi, ac rydw i hefyd yn berwi o eiddigedd! Mi fydda' innau'n dod cyn hir i Gymru Newydd, i ymgymryd â'm dyletswyddau fel Llyw. Ond O! Dyna braf fasai cael dweud fy mod innau ymhlith y rhai cynta' i ddychwelyd i Gymru, a honno unwaith eto yn genedl! Cael dweud fy mod innau ar drên OX1, yr un fath â'n cyndeidiau dewr gynt, yn nyddiau'r Tywysog Madog, yn mentro dros donnau'r Iwerydd i ddarganfod Americia! Darganfod byd newydd wnaeth y rheini. Brafiach arnoch chi ar eich ffordd i ddarganfod Cymru newydd! Siwrnai saff, gyfeillion! Pob lwc i OX1 a phawb sy'n hwylio . . . sy'n teithio arni hi!'

A dyna'r injan yn chwyrnu, a'r camerâu yn chwyrlïo, a'r band yn taro Hen Wlad Fy Nhadau, a Parry-Morris yn hel deigryn o'i lygad fel yr herciodd y trên yn ei flaen. Y gwyneb diwetha' iddo'i weld yn rhythu arno drwy'r ffenest, oedd gwyneb Syr Gwilym Adam-Jones, a Miriam yn rhythu dros ei ysgwydd. '*Au revoir*, Feistr annwyl!' meddai'r Darpar-Lyw o dan ei wynt, gan chwifio ei hances mawr gwyn.

3 *Canu'n iach i'r seindorf*

Cyn mynd o'r orsaf, mi aethon nhw draw i ganu'n iach i'r seindorf. 'Kymry ydi llawer ohonyn nhw,' eglurodd Schinkel, 'ac fe fyzan nhw'n mynt eu hunain ar drenau diwezarach. Yn y kyfamser, maen nhw wedi rhoi eu hamser am zim i roi tipyn o hwb i ymadawiat y Gwahozedigion.'

'Mae hynna'n berffath wir, Dr Parry-Morris, syr,' meddai'r bandfeistr, a rhidens arian hyd ei ysgwyddau. 'Mi glywson ni eich sgyrsia' chi ar y radio, syr, ac mi godson nhw'n calon ni. Duw annwyl dad, do! A dyma ni'n deud yn y pwyllgor, be' am wirfoddoli ein gwasanaeth ni, yndê, i gefnogi'r hen achos, wrth ddisgwyl ein tro ni i fynd. Gobeithio na fuon ni ddim yn rhy hy, syr.'

'Hy, gyfaill? Sut y medrai cymwynas dros Gymru fod yn hyfdra? Yr un fath ag yr oedd hi'n fraint gan y Tywysogion gynt gael eu difyrru gan feirdd a thelynorion, felly, yn ddiolchgar ac yn wylaidd, rydan ninnau yn y cwmni yma heddiw yn derbyn eich chwarae gogoneddus chitha'.'

'Mi fydd y pwyllgor wrth eu bodd, syr. Roedden ni'n poeni dipyn bach oedd y peth yn addas, er ein bod ni wedi cael cynta' fwy nag unwaith, cofiwch, yn y Steddfod, stalwm iawn.'

'Stalw miaw!' meddai Schinkel, a saliwtio'r bandfeistr.

ARTISTIAID

1 *Ymhell bell yng Ngermania*

Mi roes y Gwahoddwr adroddiad manwl o holl ddigwyddiadau difyr y bore i'r *Gauleiter*. A dyna'r *Gauleiter* yn codi'r ffôn, i ddweud y newydd wrth y *Führer* ei hun, ymhell bell yn ei brifddinas ymherodraethol, Germania, am OX1 yn ymadael. Fasech chi ddim yn meddwl, efallai, y basai rheolwr Ewrop gyfa'n hidio taten mewn peth felly. Ond roedd gan Adolf Hitler ddiddordeb arbennig yn nhynged y Cymry, ac wedi siarsio von Harden i roi gwybod iddo am unrhyw ddatblygiad yn y Deimensiwn.

Roedd blynyddoedd lawer ers y fuddugoliaeth derfynol yn Ewrop. Er bod byddinoedd yr Almaen yn dal â'u traed yn sownd yng nghors ddiddiwedd y rhyfel yn erbyn Rwsia Sofietaidd, a bod y Sofietiaid yn dwyn cyrchoedd bomio bach sydyn ar eu dinasoedd nhw o bryd i'w gilydd, roedd y Reich wedi ei sefydlu'n gadarn drwy'r cyfandir i gyd. Roedd Berlin wedi ei gweddnewid yn Germania, a'r *Führer* wedi symud i'r Llys Cangellor newydd arswydus roedd Albert Speer wedi ei gynllunio iddo. Roedd parwydydd y stafell ryfel yn un stomp o fapiau, ond ychydig o'r rhain oedd yn dangos hynt a helynt y brwydro yn y dwyrain. Rhyw sgarmesoedd mewn ffosydd mwd oedd yn fan'no erbyn hyn. Roedd y rhan fwya' o'r mapiau yn ymwneud â chyflwr hiliol Ewrop, a chanlyniadau ymdrechion y Natsïaid i wneud y Reich yn bur ac yn rhesymegol. Erbyn hyn roedd y prif fap yn wyn mwy na heb. Roedd bron iawn pob un o'r lleiafrifoedd mwya' afresymegol wedi eu difa mewn rhyw fodd neu'i gilydd. Y Karaim o Lithiwania, a'r Wendiaid ola'. Ac roedd y Slafiaid wedi cael eu hail-ddosbarthu yn *untermenschen*. Dim ond marc cwestiwn bach, draw yng ngorllewin y cyfandir, oedd yn nodi bodolaeth lleiafrif blêr a dianghenrhaid arall.

Roedd 'na flynyddoedd hefyd er pan oedd y *Führer* wedi sylweddoli fod ei dynged o ei hun ynghlwm rywsut â'r rhain, y mwya' anghysbell o'u deiliaid. Roedd o'n gwybod ers y 1940au, achos roedd y mwya' dibynadwy o'i seryddion wedi dweud wrtho y byddai Mawrth 1, yn nhŷ'r Pysgodyn, yn dyngedfennol rywdro yn ei fywyd. Ar ôl gorchfygu Prydain, mi glywodd (pan gymerodd Goering y teitl Tywysog Cymru, a dweud y gwir) mai Mawrth 1 oedd gŵyl genedlaethol y Cymry. Roedd o heb feddwl am fodolaeth y Cymry ers ymweliad Lloyd George â Berchtesgarten cyn y rhyfel. Bu'n teimlo'n annelwig oer ar ôl yr ymweliad hwnnw. Wyddai o ddim yn iawn hyd heddiw pwy oedd wedi twyllo pwy. A dyna fo'n dechrau darllen llyfrau am y Cymry, y rhan fwya' ohonyn nhw wedi'u cyfieithu yn un swydd ar ei gyfer o, rhai gan yr athro ifanc hwnnw, Rhodri. Ac yn un o'r rheini, mi ddaeth ar draws honiad annifyr rhai o'r Cymry mai Llwythau Coll Israel oedden nhw. Roedd rhyw olwg led Iddewig ar rai, dysgodd y *Führer*. Ac roedden nhw'n debyg i'r Iddew mewn ffyrdd eraill.

Roedden nhw'n rhoi enwau o'r Hen Destament ar eu plant. Roedden nhw'n gecrus, yn gerddorol, yn sgut am achau, ac yn aml yn heddychwyr.

'𝕹odwch 𝕮ymru yn ddu ar y map,' meddai Hitler wedyn wrth Himmler.

2 Sglein yng nghornel y gorchestwaith

'*Jawohl*,' meddai Himmler. 'Ond, *mein Führer*!' meddai Goebbels wedyn, a'i lais yn eli yng nghlust y teyrn. 'Oni ddylen ni fod yn wyliadwrus? Difodiant, wrth reswm, fydd pen y daith i'r Cymry. Ond byddai'n gall mynd ati mewn modd mwy cynnil.' Y gwir amdani oedd bod yr Ymerodraeth Almaenig, er ei bod yn rymus ac yn gyfoethog, a bod heddwch o fewn ei ffiniau ei hun, yn dal yn ynys yn y byd. Roedd rhai o'r Americanwyr rheini fu'n edmygu o'r cychwyn safiad y Natsïaid yn erbyn Comiwnyddiaeth, a diddymu'r Ymerodraeth Brydeinig yn fêl ar eu bysedd, yn dechrau ail-feddwl. Ai math arall o Imperialaeth oedd yn yr Ewrop Newydd 'ma, wedi'r cwbwl? Draw yn Ottowa, roedd Churchill, mewn gwth o oedran, yn dal i alw am dalu'r pwyth yn ôl, yn darlledu rownd y rîl, ac yn mynd byth a hefyd i ffalsio i'r Arlywydd i Washington, lle'r oedd Brenin a Brenhines Lloegr nhwythau yn dal i gicio'u sodlau. Fyddai'r Drefn Newydd ddim yn cael ei chydnabod fel trefn arhosol am ddegawdau. Roedd 'na filoedd dros y môr, yn ffoaduriaid, yn rebeliaid, yn Iddewon, heb sôn am y Comiwnyddion Sofietaidd, yn gweithio i'w thanseilio. Doedd dim modd rhoi coel chwaith ar air India na

Tsieina. Roedd hyd yn oed y Japaneiaid yn anwadal braidd. Yn anad dim, roedd dichon o hyd y byddai grym aruthrol America, ac adnoddau holl hen elynion yr Almaen y tu cefn iddi, yn cael ei hyrddio yn erbyn y Reich ryw ddiwrnod.

'Carreg a thwll!' meddai Hitler. 'Haid o lyfwrs tina' Iddewon sy'n buta cig ydyn nhw.'

'Wel, wrth gwrs hynny!' meddai Goebbels dafod arian. 'Ond dal i'w meithrin nhw ydi'r peth calla', yndê? Ac mae gen i awgrym ynghylch y Cymry, Adolf. Cyn inni gael ymadael â nhw, cyn i lafur iach dros y *Vaterland* eu torri nhw, beth am inni eu gwneud nhw yn esiampl i'r byd, i ddangos mai Trefn Newydd go iawn rydan ni'n ei chynnig; cymdeithas o bobloedd teyrngar o dan nawdd y Drydedd Reich Almaenig Sanctaidd. Mae'r Cymry, meddan nhw i mi, yn gwingo ers talwm o dan iau'r Saeson. Rhowch ryddid iddyn nhw, ta, *mein Führer*! Eu gwneud nhw yn genedl! Eu gyrru nhw i Wlad yr Addewid! Meddyliwch y parch gawn ni wedyn drwy'r byd. A phan fydd hi ar ben arnyn nhw, wel, mi fydd hi ar ben.'

'Goebbels bach, dach chi'n artist!' meddai Adolf Hitler. 'Ac artist dw inna' hefyd. Artist sy'n ystumio hanes. Peintio y budda'i fel arfer â brwsh bras ac afradlon, brwsh awdurdod. Ond dwi'n deall hefyd, Goebbels, gelfyddyd y manion; y dot bach yn y gornel, y cyffyrddiad dyfrlliw. Fe ddefnyddiwn ni y sothach yma yn fanylyn bach yn ein gorchestwaith. Rhyw sglein bach yn y gongol fyddan nhw, y baw ôl-Feiblaidd uffar, cyn inni eu dileu nhw'n llwyr.'

A dyna'r Deimensiwn Cymreig wedi ei eni, a Parry-Morris yn dal llygad Miriam Adam-Jones yn ffenest

cerbyd y trên, a Seindorf Moduron Cowley yn chwarae
Hen Wlad Fy Nhadau ar blatffform 1.

3 *Anrhydedd go arbennig*

'Mae'r *Führer* wrth ei fodd â'r ffordd yr aeth pob dim,'
meddai'r *Gauleiter* wrth y Gwahoddwr. 'Mae'n siŵr
gen i y cewch chi fedal.'

'Chi piau'r medal, siŵr, syr!'

'Diolch, fy machgen i. Ond mae gen i lwythi fel
mae hi. Wyddech chi fod y Llywodraeth Gyswllt am fy
ngwneud i'n Farchog y Gardas am fy ngwaith yn creu
y Deimensiwn? Mae hi'n anrhydedd go arbennig,
meddan nhw i mi.'

PARATOI

1 Amheuon yr hen begor

Roedd 'na rai yn y Llywodraeth Gyswllt, sef prif awdurdod y Deyrnas Unedig i fod, yn anfodlon braidd ar ddatblygiad y Deimensiwn Cymreig. Mi godwyd y mater efo Ymgynghorydd y Reich yn un o gyfarfodydd y Cabinet yn Llundain. 'Ydi hyn,' meddai'r Prif Weinidog, 'ddim yn mynd yn erbyn ysbryd y Cytundeb, oedd yn gwarantu bod y Deyrnas yn aros yn Unedig?' Mi ddywedodd hyn heb lawer o arddeliad, achos mi wyddai bod yr Ymgynghorydd yn llawer iawn mwy nag ymgynghorydd. Nid er mwyn gwyntyllu syniadau roedd Hermann Thorssen, barnwr crogi mawr cynt, wedi dod i'w plith. 'Mae'r Deimensiwn Kymreig, Brif Weinidog,' meddai hwnnw, 'yn gonsyrn arbennig i'r *Führer* ei hun, a go brin bot neb ohonom yn dymuno dim nat yw'n zymuniat ganzo ef.'

'Na, na, wrth reswm pawb. Ond meddwl roeddwn i . . .'

'Meddyliwch yn ddistaw, bendith tad, Jack,' meddai yr Arglwydd Brackenthorpe, y Gweinidog Lleiafrifoedd. 'Dyna fy nghyngor i. Rydach chi'n gwybod yn iawn bod y Cymry yn boen yn ein tinau ni erioed. Nawr fe gawn ni wared ar y cwbwl lot. Diolch i Dduw am fendithion bychain, yntê, Thorssen?'

'Diolchwch i'r *Führer*, Brackenthorpe,' meddai hwnnw.

'Meddwl roeddwn i,' meddai'r Prif Weinidog, 'am wyliau difyr yn Aberistwith pan ô'n i'n blentyn. Roedden ni'n mynd bob blwyddyn yn ddi-ffael. Maen nhw'n dal i siarad Cymraeg yno, wyddoch chi, Thorssen. Fe ddylech chi eu clywed nhw wrthi! Diawl o neb yn eu deall nhw, wrth gwrs. Hen wreigan ffeind iawn oedd dynes ein llety ni, rwy'n cofio'n iawn. Roedd hi'n dotio aton ni blant. Dotio at gathod hefyd. 'Nawr, jitw-pwsi-mew!' fyddai hi'n ddweud. 'Gad i'r plantos 'ma gael eu te nhw gynta, ac wedyn fe gei di dy laeth. Plantos gynta, pwsi-mew wedyn, achos dydi cathod ddim yn talu rhent.' Dyna fyddai hi'n ei ddweud, yr hen wreigan annwyl: dydi cathod ddim yn talu rhent! O, mor bell, mor bell yn ôl! Cyn geni rhai ohonoch chi, lafnau ifanc.'

Ond roedd pawb yn gwybod bod yr hen begor yn ffwndro, neu fasai'r Almaenwyr ddim wedi'i wneud o'n Brif Weinidog.

2 *Gwrthod gwahoddiad anffurfiol*

Yn y cyfamser, mi aeth yr ail-gartrefu yn ei flaen. 'Digonedd o amser,' meddai'r *Gauleiter* wrth Schinkel. 'Digonedd o amser. Cofiwch fod llygaid y byd ar y fentar fechan hon. Mi chwaraewn ni hi yn foneddigaidd, fel y Sais.'

'Duwedd annwyl, syr!' meddai Schinkel. 'Fasai Parry-Morris ddim yn leicio hynna!'

'Wel, na fasai, siŵr! Ôn i heb feddwl! Sut mae o, gyda llaw? Rhaid inni ei wâdd o i ginio unwaith eto cyn iddo fynd. Fe geith Brackenthorpe ddod hefyd. Fe fydd hwnnw wastad â rhywbeth digri i'w ddweud am Parry-Morris a'r Cymry. Fe fydda'i'n meddwl weithiau, Schinkel, fod gan y Sais greulonach synnwyr digrifwch na ni. Beth ydi'ch barn chi?'

'Dwi ddim yn meddwl bod angen bod yn greulon iawn i wneud hwyl am ben Ein Llyw Ola'.'

Wel dyna syndod, pan wrthododd Parry-Morris y gwahoddiad! Doedd 'na neb erioed wedi gwrthod gwahoddiad gan y *Gauleiter*, heblaw am Ddeon Christ Church, wrth gwrs, yn y misoedd anffodus yn syth ar ôl i Brydain ildio. 'Hitiwch befo,' meddai von Harden wrth Gyngor y Brotectoriaeth, pan gododd y peth yn eu cyfarfod wythnosol. 'Mae Parry-Morris wedi egluro i mi yn ei ffordd anfarwol ei hun na fedr dderbyn gwahoddiadau anffurfiol oddi wrth y Brotectoriaeth ddim mwy. Mae'n dweud – gwrandwch ar hyn! – mae'n dweud na fyddai fiw iddo fo, fel Darpar-Lyw cenedl sofranaidd, giniawa gyda'r Reich-*Gauleiter*, oni bai bod hynny gyda phrotocol llysgenhadol llawn. Glywsoch chi erioed y ffasiwn beth? Un ar y naw ydi o! Schinkel! Wnewch chi drefnu rhywbeth mwy addas i'n Llyw Ola'? Rhyw hanner dwsin ohonon ni yn y Capidyldy, efallai? Gwnewch yn siŵr bod y ffotograffwyr yno. A dywedwch wrthyn nhw am roi baneri, y swastika a'r ddraig goch drwy'i gilydd, a ballu. Dydi hyn yn hwyl, gyfeillion?'

O yndi, *Gauleiter*, meddyliodd aelodau'r Cyngor. Coblyn o hwyl.

Nid hwyl oedd o o gwbwl i Parry-Morris, wrth gwrs. Pan ddaeth y gwahoddiad newydd ('gwisg lawn, medalau'), mi sgrifennodd at y *Gauleiter* i fynegi ei werthfawrogiad. 'Mi ddeallwch chi, *Gauleiter*, nad oes modd adfer cenedl i sofraniaeth lawn, heb fod y protocol cywir yn cael ei barchu yn llwyr. Bach iawn ydi Cymru, mi wn, ar gynfas mawr yr Ewrop Newydd. Ond credaf fod lle i honni bod ein hen dreftadaeth farddol ac arwrol ni yn gwneud iawn am hynny. Rwyf yn falch iawn, Herr *Gauleiter*, eich bod am gyd-weld â mi.' Mi ddarllennodd von Harden y llythyr yng nghyfarfod nesa'r Cyngor, ac roedd pawb yn meddwl ei fod yn swynol iawn.

3 *Cymro arall*

A threnau'r Deimensiwn yn mynd fesul un i'w hynt, dyna Loegr o dipyn i beth yn dod yn *Welshfrei*, a Parry-Morris yn colli ei ddisgyblion. Mi ddiflannodd llawer o'i gyd-athrawon o Goleg yr Iesu hefyd. Phenodwyd neb yn Feistr newydd yn lle Adam-Jones, chwaith. O bryd i'w gilydd mi ddôi cardiau post o Gymru Newydd, ond roedd y rheini'n bensal las drostyn', fel holl bost mewnol y Brotectoriaeth. Dweud roedden nhw yn fras fod pob dim yn mynd yn iawn. Mi gwynodd Parry-Morris wrth y Gwahoddwr nad oedd hawl i'w sgrifennu nhw yn Gymraeg. Ond roedd hi'n ddrwg gan Schinkel nad oedd digon o sensorwyr Cymraeg i ganiatáu hynny. 'Fe fyz pob peth yn wahanol, Lyw, pan ewch chi yn eich ôl i Gymru i gymryt yr awennau.'

Pen blwydd cynta' OX1 a ddewiswyd ar gyfer hynny, ac ar gyfer sefydlu Cymru Newydd yn swyddogol. Erbyn hynny, mi fyddai'r Gwahoddedigion i gyd wedi eu hail-gartrefu, a'r Saeson i gyd wedi hel eu pac, ac olwynion y ffatrïoedd yn troi. Yn y cyfamser, gan fod cyn lleied o waith i'w wneud yn y coleg, mi aeth Parry-Morris ati i greu Swyddfa Arweinydd dros dro iddo ei hun mewn dwy stafell wrth ben cwod Coleg yr Iesu, a baner ar bolyn y tu allan i'w ffenestri. Roedd o'n hoffi dweud mai yn fan hyn yr oedd Laurence o Arabia yn lletya yn is-raddedigyn cyn y rhyfel byd cynta'. 'Yn Nhremadog y ganwyd o, wyddoch chi, yn hen gwmwd Eifionydd, ac mi ddaeth i Goleg yr Iesu ar ysgoloriaeth Gymreig.'

Mi âi'r Almaenwyr o'u ffordd i'w gadw o'n ddiddig. Weithiau bydden nhw'n mynd â gwesteion pwysig i edrych amdano. Roedd dirprwy-gadeirydd Krupps, er enghraifft, yn gwerthfawrogi yn arw gydweithrediad y Cymry wrth godi'r ffatrïoedd newydd. Ac roedd yn edrych ymlaen at berthynas hir a hapus â Chymru Newydd. Mi ddaeth dirprwy-*Gauleiter* Byelorussia heibio un diwrnod, ar ymweliad swyddogol â'r Brotectoriaeth, a swyddogion uchel yr SS a'r *Wehrmacht* yn clicio eu sodlau ac yn saliwtio'n arw. Roedd 'na ffotograffwyr wrth law bob amser i gofnodi ymweliadau felly. Ac unwaith, mi ddaeth criw o newyddiadurwyr Americanaidd, o gorfflu'r Wasg oedd wedi aros yn Llundain byth ers diwedd y rhyfel.

'Cymro wyf innau hefyd,' meddai un o'r newyddiadurwyr. 'Roedd fy nhaid yn löwr ar yr Wyddfa. Roedd o'n uniaith Gernyweg? Pan fyddwch chi wedi setlo yn Simrw, efallai y ca' i ddod i sgrifennu erthygl arall, ac efallai ymweld â'r hen gartre?'

'Bydd croeso ichi bob amser yng *Nghymru*,'

meddai'r Llyw Etholedig. Mae'r "y" yn dywyll, er bod y llythyren "y" yn ein horgraff ni yn dynodi'r sain olau hefyd.'

Hen foi iawn roedd yr Americanwyr yn ei gael o. Hwyrach bod yr Almaenwyr diawl 'ma'n gwneud rhywbeth yn iawn o'r diwedd.

4 *Prydau am ddim ac addewidion*

Doedd neb wedi cael gwahoddiad i ymweld â Chymru Newydd ei hun. Nid bod dim byd i'w guddio. Roedd y Cymry at ei gilydd wedi derbyn y sefyllfa yn ddirwgnach, os nad yn ddiolchgar. Roedd llawer i'w ddweud drosti. Roedd y Saeson i gyd wedi codi eu pinas, gan adael llwythi o dai a bythynnod yn wag i'r Dychweledigion. Roedd y cytiau newydd yn blaen ond yn ddigon clyd. Roedd y ffatrïoedd yn ernes o gyflogaeth lawn am y tro cynta' ers y rhyfel. Yn y cyfamser roedd 'na brydau bwyd i bawb i'w cael am ddim mewn ceginau cymunedol. A doedd y rheini ddim mymryn gwaeth na'r bwyd roedd pawb arall yn byw arno fo. Doedd Prifysgol Cymru ddim yn bod ddim mwy, ond roedd yr ysgolion lleol yn dal i weithredu, a'u hathrawon nhw wrth eu boddau yn cael ar ddallt y byddai addysg drwy'r Gymraeg o hynny ymlaen yn orfodol i bob oed.

Roedd cyfyngu garw, oedd, ar symud o fewn Cymru Newydd. Ond doedd hi fawr gwell yng ngweddill Prydain. Ac roedd y gweinyddion Almaenig, o'r Gwahoddwr i lawr, i gyd yn awyddus i sicrhau'r bobol nad oedden nhw yno ond i hwyluso pethau. I warchod, megis, nes y dôi eu Llyw i sefydlu Cymru Newydd yn holl ogoniant ei sofraniaeth. 'Mae'r Dyz yn agosáu! *Der Tag!* Fe zathlwn ni i gyt bryt hynny!'

5 *Ond roedd rhai yn anfodlon ar y trefniadau*

Ymhlith y lleiafrif nad oedden nhw'n gwbwl fodlon ar y trefniadau roedd Syr Gwilym Adam-Jones a'i wraig Miriam. Roedden nhw wedi cael tŷ teras bach heb le i droi cath ym Machynlleth, prifddinas Cymru Newydd i fod. Ac roedd yn chwith iawn ganddyn nhw ar ôl y cysuron bach a ddôi i ran penaethiaid colegau Rhydychen hyd yn oed bryd hynny. Rhyw winoedd bach wedi'u celcio mewn selerydd, ffesant bach rŵan ac yn y man o stadau'r coleg. Roedd y ddau wedi manteisio'n arw ar eu Cymreictod drwy'r blynyddoedd, ond fuon nhw erioed yn Genedlaetholwyr. I'r gwrth-wyneb, roedden nhw (a Miriam yn enwedig) yn Gymry'r Sefydliad, chwedl y siniciaid, yn Ddic Siôn Dafyddion, chwedl y gwladgarwyr, ac yn Daffis Cegin, chwedl yr Arglwydd Brackenthorpe. Roedden nhw'n difaru eu henaid bellach eu bod wedi cofrestru fel Cymry ar ffurflen y Cyfrifiad. A thân ar eu croen oedd bod yr arbenigwr dwy a dimai hwnnw ar ganu mawl yr Oesoedd Canol, rwdlyn mwya'r Ystafell Gyffredin, Llywelyn Parry-Morris, wedi cael y ffasiwn glod. Ac ar ben hynny, roedd Angharad eu merch dymhestlog yn mynnu eu bod nhw'n siarad Cymraeg efo'i gilydd bob amser.

Yn ystod dyddiau diog y disgwyl, bu Adam-Jones a'i wraig yn hel rhyw griw bychan o bobol anniddig eraill o'u hamgylch. Roedd y rhan fwya' o'r rhain â rhyw hen asgwrn academaidd i'w grafu â Parry-Morris. Ond roedd rhai yn ei gasáu o am ei fod, yn eu tyb nhw, yn ffalsio i'r gelyn, a rhai oherwydd bod ei holl orchest wirion o yn eu gwylltio. Roedd 'na sawl darlithydd yn eu plith nhw, er enghraifft. Roedd 'na rai o hen deuluoedd tiriog mawr, digon balch o'u llinach i fod wedi cofrestru fel Cymry, ac wedi cael eu llusgo yma wedyn o'u hen blastai. Hefyd, roedd 'na ddyrnaid o ffermwyr ceidwadol a'u gwragedd chwerw, oedd wedi ymseisnigo ers talwm. Mi ddôi'r rhain i gyd at ei gilydd dros goffi mês a bisgedi yn y parlwr. Roedd y stafell yn oer, ond roedd Miriam wedi llwyddo i roi rhyw urddas iddi efo darlun o'r cyn-Frenin a'r gyn-Frenhines ar ymweliad ers talwm â Choleg yr Iesu, a darlun olew mawr o Syr Gwilym, yn ei wisg academaidd lawn, wedi'i gomisiynu gan y coleg i gofio pum mlynedd ar hugain o wasanaeth.

Mi fyddai Miriam yn llywyddu'r cylch bach 'ma fel rhyw salon grand. Ond mi drôi'r sgwrs bron iawn bob tro at y Darpar-Lyw. 'Y cwtsach bach!' meddai'r sgwieriaid. 'Be' ŵyr o am Gymru? Pwy glywodd amdano fo cyn hyn? Glywsoch chi amdano fo cynt, Robert? Chlywais i erioed sôn am y dyn.' Neu: 'Dwi'n dweud wrthach chi: wnes i ddim cwffio yn y blydi rhyfel 'na er mwyn i griw o blydi Nashis gael tynnu'r Deyrnas Unedig yn greiau.' Neu: 'Be' ŵyr y dyn am ddipio defaid, neu ddiciâu gwartheg?' Neu: 'Roedden ni'n nabod Parry-Morris a'i wraig ers talwm. Tenantiaid ffarm efo mab clyfar clyfar. O ochrau Llanystumdwy roedd y Morrisiaid, dwi'n meddwl. Pobol o Sir Fôn oedd y Parrys. Lloeau a moch.' Neu:

'Dwi ddim yn deall, Syr Gwilym, pam na fasai'r Almaenwyr wedi gofyn i chi wneud y job, rhywun â gwaelod fel chi, rhywun y basen ni i gyd yn ei barchu.' Ac meddai Miriam: 'Wel, am na wnâi o ddim, siŵr! Am mai dyn sy'n caru ei frenin a'i wlad ydi o, nid rhyw nashi bach ffals! Fasai'n ddim gen i roi tro yng nghorn y Parry-Morris 'na!' A dyna hi'n smalio gwneud, yn filain iawn.

'Bid hynny fel y bo, Miriam bach,' meddai Syr Gwilym. 'Rhaid inni frathu ein tafoda' er ein lles ein hunain. Ond cofiwch chi, a' i ddim i'r orsaf i'w gyfarch o dros fy nghrogi. Nid tasai Adolf ei hun yn ei orchymyn!' A 'clywch, clywch!' medden nhw i gyd.

DOD ADRE

1 Mae'r Llyw yn dod adre

Ond yno'r oedden nhw bob wan jac yr un fath, yn y rhengoedd yn disgwyl ar iard gorsaf Machynlleth am gael cyfarch Y Llyw. Roedd hynny yn benna' oherwydd bod arwyddion mawr swyddogol drwy'r dre i gyd yn eu gorchymyn nhw i fod yno, ar boen cael eu cosbi o dan Ddeddf 2607. Gofynnodd amryw ohonyn nhw i William Ellis, fu'n farnwr yn yr Uchel Lys o dan yr hen drefn, beth yn union oedd y gosb o dan Ddeddf 2607. Doedd o erioed wedi clywed sôn am Ddeddf 2607, chwaith. 'Mae'r gosb,' meddai'n swta, 'yn amhenodol.' Ac roedd o yn ei le.

Ychydig a wyddai neb mai hwn oedd eu diwrnod ola' o ryddid. Roedd olwynion y ffatrïoedd i gyd yn barod i droi; roedd pawb â'i briod waith; roedd hen Dŷ Senedd Glyn Dŵr ym Machynlleth yn barod fel pencadlys i'r Llyw. Ac i lawr y lôn, roedd hen blasty Marcwis Londonderry wedi ei ail-wampio yn Genhadaeth y Reich i Gartref Cenedlaethol Cymru Newydd. Cyn hir mi ddôi Heinrich Schinkel yno – roedd swydd y Gwahoddwr wedi ei dirwyn i ben bellach. Roedd cynrychiolwyr y Wasg, a newyddiadurwyr o amryw o wledydd tramor yn eu plith, wedi dod i Fachynlleth mewn rhes o fysus. A

47

dyna lle'r oedden nhwythau yn un criw ar y platfform yn disgwyl trên y Llyw. Roedd Schinkel yno hefyd, yn ei lifrai diplomyddol newydd. A mintai fechan o swyddogion SS, yn ddu eu llodrau a'u bwtsias. A'r Arglwydd Brackenthorpe hefyd, a Seindorf Bres Gwaith Moduron Cowley. Roedd pawb o'r Cymry, yn ddynion, ac yn ferched, ac yn blant, yn gwisgo anrheg o gennin Pedr bach plastig wedi eu gwneud gan ddinasyddion Protectoriaeth Bohemia.

Un arbennig iawn oedd y trên a ddaeth â Parry-Morris i'w deyrnas. Yn un peth, injan stêm a chlamp o ddraig goch ar ei boilar oedd yn ei dynnu o. Ac yn ail beth, dim ond un cerbyd Pullman oedd y tu ôl i'r injan, a chennin Pedr lond pob ffenest. 'Gresyn,' oedd sylw'r Llyw, 'na fasen nhw wedi parchu ein hen hen draddodiad ni ar y diwrnod hwn, ac wedi rhoi cennin iawn.' Ond roedd arbenigwyr y Weinidogaeth Bropoganda wedi'i ddarbwyllo bod y genhinen Bedr yn fwy cyfarwydd drwy'r byd fel arwydd cenedlaethol. 'Mi wisga' i genhinen fy hun, ta,' meddai, a phinio un fawr ar goler ei gôt las. 'Fe wnaf innau hefyt, ynteu,' meddai'r *Gauleiter*, a pheri sodro un fwy byth ar frest ei lifrai du. 'Brodyr ydym yn yr Ewrop Newyz,' meddai wrth Parry-Morris. A dyna'r ddau yn dod i lawr o'r trên efo'i gilydd, ac yn cerdded ar hyd y platfform, a Seindorf Bres Gwaith Moduron Cowley yn taro Gwŷr Harlech.

'Eiliad bach, os gwelwch yn dda, Herr *Gauleiter*,' meddai Parry-Morris, a dyna fo at arweinydd y band i ysgwyd ei law. 'Mi fuoch chi'n chwarae ar ddechrau'r Dychweliad Mawr,' meddai'r Llyw. 'Ac addas iawn ydi eich bod chi'n chwarae eto rŵan wrth ei gwblhau.'

'Diolch yn fawr ichi, Doctor,' meddai'r arweinydd.

'Mi fydd yr hogia' wrth eu bodda' – a'r genod hefyd. Fel y gwelwch chi, mae gynnon ni amryw o gornwragedd, ac mae Mrs Thomas yma yn giamstar ar y tiwba. Os ca'i fod mor hy, syr: pob hwyl ar eich gwaith mawr.'

'Diolch o galon, gyfaill,' meddai Parry-Morris, gan estyn ei law i afael yn llaw'r arweinydd, a hwnnw'n trosglwyddo ei ffon yn sydyn i'w law rydd.

2 *Neges oddi wrth y Führer*

'Fe zaeth yr awr fawr,' meddai'r *Gauleiter*. 'Eich awr fawr bersonol chi, ac awr fawr eich kenedl!' Ac allan â nhw i iard yr orsaf, a Hen Wlad Fy Nhadau yn diasbedain o'u holau. A dyna lle'r oedd y dyrfa yn chwifio'u cennin Pedr, fel haul ar y môr, nes bod dagrau'n powlio i lawr bochau'r Llyw. Mi ddywedodd y *Gauleiter* wedyn ei fod yntau o dan deimlad mawr. Ac mi ddywedodd llawer na fu dim byd tebyg ers y gemau rygbi mawr cenedlaethol ym Mharc yr Arfau cyn y rhyfel. Ar ôl Hen Wlad Fy Nhadau, dyna'r bloeddio a'r chwibanu yn codi'n foryn mawr, nes i von Harden godi ei law o'r diwedd.

'Bobol Kymru!' meddai. 'Gyd-zinasyzion yr Ewrop Newyz! Fe fuoch yn kydweithio gyda ni dros zyfodol ein kyfandir a thros ein hachos gogonezus! A bellach fe zaeth eich awr. Wedi kanrifoez lawer o ormes kreulon a rhwystredigaeth, ar y dyz Gŵyl Dewi mawr hwn, dyma chi yn genedl drachefn, fel roezech chi yn yr amser gynt. Mae dyziau eich diozefaint drosoz. Mae Simrw . . . Mae Kymru yn Gymru eto, yn Gymru Newydd. Yn famwlat

49

gyda'i llywodraeth ei hun o fewn yr Ewrop Newyz. Heziw, rwyf yn dyfot ger eich bron â chyfarchion Llywodraeth y Brotectoriaeth. Ac ar ben hynny, rwyf yn dyfot â chyfarchion *Führer* Ewrop ei hun. Bu ef yn gwylio â llygad tad balch y paratoadau ar gyfer y diwrnot hwn. A dyma ichi ei eiriau ef.' Mi estynnwyd darn o bapur iddo. Mi drawodd ei sbectol ar ei drwyn, a darllen fel a ganlyn: 'Gymry, yn zynion ac yn ferchet! Kroeso i'ch dyfodol! Rhowch heibio'r gorffennol! Anrhydezwch eich hunain a'ch kenedl drwy waith ac ymroddiat. Fe fyzwn ni yn eich gwylio, gan gofio o hyt am eich dyletswyz tuag at yr achos mawr. *Seig Heil*!' Yna, mi gododd von Harden y papur a'i droi. 'Ac ar waelot hwn mae llofnot Adolf Hitler ei hun!'

'*Seig Heil*!' bloeddiodd y *Gauleiter*, dan saliwtio. '*Seig Heil*!' bloeddiodd Schinkel a'r swyddogion i gyd. '*Seig Heil*!' mwmiodd yr Arglwydd Brackenthorpe, yn chwithig braidd. Ond wrthi'n chwythu'i drwyn roedd Parry-Morris. A phan drawodd y band Hen Wlad Fy Nhadau yr eildro, dyna'r bobol oedd yn sefyll ar yr iard yn canu efo nhw, yn betrus i gychwyn, ac wedyn yn bowld ddigon.

A dyna'r *Gauleiter* yn codi ei law eto. 'Ar yr awr fawr hon yn hanes eich kenedl,' meddai, 'mae'n fraint fawr ac yn anrhydez gennyf gyflwyno ichwi, ar ran Llywodraeth y Brotectoriaeth, a'r *Führer*, eich Llyw chi eich hunain, fyz yn ymgymryt o hyn allan â dyletswyzau arweinyz kenedl y Kymry.' Mi estynnodd ei law i gyfeiriad Parry-Morris, oedd yn rhythu i'r awyr, fel petai ei feddwl ar bethau uwch. 'A wnewch chi gymeryt y dyn hwn, yr ysgolhaig enwog hwn, y gwladgarwr kadarn hwn, y Kymro mawr hwn, yn arweinyz?' Sbio ar eu traed wnaeth y dyrfa, a'u llusgo, heblaw Miriam Adam-Jones: 'Na wnawn, wir Dduw!' meddai honno. Mi aeth y *Gauleiter* yn ei flaen yr un fath.

'Iawn, te, Dr Llywelyn Parry-Morris; yn rhinwez fy awdurdot fel pennaeth Llywodraeth y Brotectoriaeth ym Mhrydain Fawr, ac yn enw *Führer* Ewrop, Adolf Hitler, yr wyf i yn awr yn eich kyhoezi chi yn Llyw Kymru Newyz, Mamwlat Genedlaethol y Kymry.' A dyna'r band yn bwrw iddi eto, a'r *Gauleiter* yn taro draig goch enamel ar gôt Parry-Morris, wrth ochor ei genhinen fawr.

3 *Lol botes maip*

Mi chwalodd y dyrfa, ac mi aeth yr hoelion wyth, yn Almaenwyr ac yn Saeson ac yn Gymry, fesul dau a thri am yr hen Dŷ Senedd ar gyfer defod swyddogol sefydlu Cymru Newydd.

'Diwrnod mawr i chi, yntê, Parry-Morris!' meddai'r Arglwydd Brackenthorpe yn hwyliog ar y ffordd o'r orsaf. 'Am funud gynnau, roeddwn i'n meddwl y basen nhw'n galw am Barabas! Jôc! Buoch chi'n disgwyl ers amser am hyn, ond do?'

'Ers yn agos i 800 mlynedd,' meddai Parry-Morris. 'Bob dydd ers y diwrnod adwythig wrth y bont dros Irfon. Heblaw blynyddoedd gogoneddus Owain Glyn Dŵr, wrth gwrs. Ac mae'n fraint gen i feddwl fy mod i'n ddisgynnydd i hwnnw ar ochor fy mam, oedd yn perthyn i dylwyth Parri o Langwnnadl, a'r rheini, drwy Fychaniaid Ystrad Cemlyn, yn hanu o Sycharth.

Heblaw am y blynyddoedd cyffrous rheini, mi fuom yn crymu o dan eich iau drom chi, y Saeson.'

'O, lol botes maip,' meddai'r Arglwydd Brackenthorpe, neu rywbeth i'r perwyl hwnnw yn Saesneg, a ffwrdd â fo at y *Gauleiter*.

'Lol botes maip! Fedrwn i zim llai na chlywet,' meddai von Harden, 'a rhyfezu unwaith eto at eich dawn ymadroz! Mae hi'n wir fod ein kyfeillion Kymreig yn tuezu weithiau at ormodiaith.'

'Pibo siarad roedden ni'n galw'r peth yn yr hen Fyddin Brydeinig annwyl,' meddai Brackenthorpe. 'Ond fe fyddwch chi'n rhoi stop ar hynny i gyd cyn hir, ond byddwch?'

Mi wenodd y *Gauleiter*. 'Rwy'n kredu mai dymuniat y *Führer* yn anad dim ydi i'r Famwlad fod yn gynhyrchiol dros yr achos. Fel y gwyzoch, rydym ni'n disgwyl izi ymgymryt â chyfran sylwezol o'r gwaith cynhyrchu arfau mân i'n byzinoez ar ffrynt y dwyrain. Go brin y byz llawer o amser i ormodiaith.'

Am y tro, fodd bynnag, roedd gormodiaith ar bob llaw. A dyna'r *Gauleiter* a'r Llyw, a swyddogion a dynion milwrol, a dynion camera a newyddiadurwyr wastad wrth eu hysgwydd, yn mynd drwy'r defodau; yn arwyddo papurau, yn ffeirio llofnodion, yn ysgwyd llaw er mwyn y ffotograffwyr, yn cynnig llwnc-destun, yn eistedd i gael cinio yng Nghenhadaeth Schinkler, yn codi baner Cymru yn seremonïol dros yr hen Dŷ Senedd. Ac wedyn, fin nos, dyna'r ymwelwyr i gyd yn diflannu yn eu rhesi limosîns a bysus, a Parry-Morris yn Llyw Cymru Newydd.

'Rwtsh,' meddai'r Arglwydd Brackenthorpe wrth y *Gauleiter* fel roedden nhw'n gyrru drwy'r clwydi ar y ffin ar eu ffordd i Rydychen. Ac efallai nad oedd preswylfa'r Llyw, rhyw gomplecs blêr yng nghefn y Senedd-dy, ddim yn rhyw arlywyddol iawn. Yr unig addurn seremonïol ynddi oedd cadair Eisteddfodol, a gyflwynwyd i ryw fardd yng Nghefn-y-Waen ym 1912. A'r noson honno o nosweithiau'r byd, mi ymddangosodd arwyddion ym mhob man yng Nghymru Newydd yn gorchymyn i bawb ymgynnull am 6.30 y bore trannoeth i glywed lle bydden nhw'n gweithio.

4 *Gair i gall*

'Fe wnaeth eich Eistezfot fach chi y bore 'ma argraff fawr arnon ni i gyt,' meddai Schinkel wrth Parry-Morris, cyn iddyn nhw wahanu y noson honno. 'Braiz yn gyndyn oezech chi rywsut i gyfarch y *Führer*! Ond popeth yn iawn. Dathlu roezech chi. Ac roezech chi eich hun, fe sylwais, o dan deimlat mawr! Ont gair i gall, Parry-Morris. Efallai o hyn ymlaen y byzai'n beth doeth ichi annog eich pobl i zangos yn fwy amlwg eu bot yn ziolchgar i Lywodraeth y Brotectoriaeth, ac i'r *Führer*.'

RHOI'R CYNLLUN AR WAITH

1 *Beth oedd bod yn ddinesydd yn iawn*

'Ydach chi'n deall?' lasai Schinkel fod wedi'i ddweud
hefyd y noson honno wrth Parry-Morris, achos doedd o
na'r *Gauleiter*, na'r un o'u swyddogion nhw, yn hollol
siŵr faint roedd y dyn yn ei ddeall am wir natur y
Deimensiwn, neu y Famwlad o ran hynny. '𝕽haid bod yn
ofalus gyda'r mwncwn Cymreig 'ma,' meddai'r *Führer* ei hun
wrth Goebbels, a fyntau wedi pasio'r rhybudd ymlaen
wedyn i von Harden. '𝕸aen nhw'n gyfrwys ac yn
dwyllodrus. dim tryst. 𝕸ae gen i deimlad od iawn ym mêr fy
esgyrn yn eu cylch nhw, byth ers pan ddaeth y sarff 'na, Lloyd
George i 𝕭erchtesgarten, yn wên deg i gyd. 𝖄r union ddyn rôth
y gyllell yn ein cefnau ni yn y rhyfel cynta, a chipio ein
buddugoliaeth gyfiawn oddi wrthon ni, a'n condemnio ni i gael ein
sathru dan draed nes i ni, yn y 𝕭laid, godi'r hen 𝕬lmaen yn ei
hôl. 𝕯yna'r Cymry ichi: sothach a scirff.' Ar y ffôn i
Rydychen, bu Goebbels yn dynwared y *Führer* yn
gwneud y datganiad hwn, a von Harden, er ei waetha',
yn ei glywed o fymryn bach yn debyg i Parry-Morris . . .
        Buan iawn y cafodd pobol Cymru Newydd wybod
beth oedd ystyr bod yn ddinesydd yn iawn. Mi ddaeth
pob cysylltiad â'r byd oddi allan i ben. 'Dyna'n union
beth oezech chi'n ei zymuno, onid e, Llyw?' meddai
Schinkel yn ddireidus. 'Dim llygru o fath yn y byt gan y

diwylliant eingl-americanaiz?' Roedd 'na ragfur uchel, a chŵn a thyrau, o amgylch Cymru Newydd i gyd. Gwaharddwyd yn llwyr bob radio a theledu. Mi aeth yr ymrysonau a'r nosweithiau llawen yn eu blaen. Ond testun yr englyn bellach oedd 'Purdeb Hil', ac roedd 'na eiriau newydd wedi eu gosod ar yr hen donau. Yr unig bapur newyddion oedd y *Cymro Rhydd*, celwyddyn wythnosol a ddôi o'r Weinidogaeth Bropaganda, o dan olygyddiaeth cyn-gopïwr ar y *Western Mail*. Roedd yr arwyddion cyhoeddus newydd, oedd bron iawn bob un yn waharddiadau, yn Gymraeg ac yn Almaeneg. Felly pob gorchymyn hefyd. Er bod hanner y boblogaeth yn uniaith Saesneg i gychwyn, roedd pawb bellach yn siarad rhyw lun o Gymraeg. Roedd y Famwlad Gymreig yn dod yn wirionedd. Cymreig ei phoblogaeth, Cymreig ei harweiniyddiaeth, Cymraeg ei hiaith.

Ond doedd dim llawer o amser i ddathlu. Mi ddaeth yn amlwg i bawb cyn hir mai un gwersyll gwaith mawr oedd y Famwlad, a'i ffatrïoedd yn gweithio rownd y rîl i gynhyrchu arfau. Roedd yr amodau byw yn fwy llwm bellach hefyd. Aeth y rhastal yn uwch o fis i fis. Roedd pawb, yn hen ac yn ifanc, yn ddynion ac yn ferched, â'u gorchwylion. Gorymdeithiai'r shifftiau i'w gwaith, fore a hwyr, o dan y swastica a'r ddraig goch. Roedd Parry-Morris yno o hyd, bob dydd, ddwywaith y dydd, yn eu hannog nhw â rhyw ddyfyniad addas o ganu rhyw fardd mawl. 'Gyfeillion!' meddai, 'Caled yw'r ffordd, mawr yw'r aberth. Ond nid eith yr hyn yr ydym yn ei wneud heddiw byth yn ango' gan y cenedlaethau ddaw o ddinasyddion Cymraeg rhydd a balch. Cymru am Byth!' Ac mi ddôi 'na ryw ridwst o ateb, fel y llusgai'r gweithwyr i ffwrdd.

'Y llyffant!' murmurai Miriam fel yr âi at ei thurnen, gan osod ei sgarff am ei phen. 'Fasai'n ddim gen i ei ladd o. Os mai dyma'r Gymru Newydd, dorwch Uffern imi, myn diawl!' Ac yma ac acw, byddai rhyw stwyrian cydsyniol. Roedd hyd yn oed y dinasyddion mwya' pybyr, y rheini oedd wedi croesawu y rheol Gymraeg, ac yn canu'r anthem ag arddeliad bob gafael hyd yn oed ar nosweithiau sgrwtlyd yn y smwclaw, yn dechrau gweld Parry-Morris yn lembo ar y gorau, ac yn fradwr ar y gwaetha'. Weithiau clywai chwibanu fel yr âi o gwmpas y gwersylloedd a'r ffatrïoedd.

2 *Dŵr oddi ar gefn eog*

Ond roedd hyn i gyd i Parry-Morris fel dŵr oddi ar gefn eog. Anwybyddai'r chwibanu'n llwyr. Roedd hi'n amlwg i bawb â llygad i weld fod gan yr Almaenwyr reolaeth lwyr dros y Famwlad yn y pen draw, a doedd Schinkel yn cuddio dim ar ei awdurdod, ond aeth y Llyw fel pennaeth gwladwriaeth sofrannaidd yn grandiach ac yn grandiach dyn. Roedd 'na arfbeisiau'n sgleinio yn ei swyddfeydd, a baneri bob amser uwch eu pennau. Mynnodd gael gosgordd swyddogol, a'i galw yn Blant Owain. Dyfeisiodd lifrai iddo'i hun i'w wisgo ar achlysuron ffurfiol. Ei sail o oedd gwisg yr Archdderwydd cyn y rhyfel. Gwisg las a melyngoch, a chlamp o dorch mawr euraid (o gardbord, gwaetha'r modd) yn amddiffyn y fron. Mi berodd fathu papurau arian Cymreig ar beiriannau copïo, yr unig arian cyfreithlon o fewn y Famwlad. A gwneud stampiau inc Cymraeg digon di-lun ar gyfer dogfennau swyddogol, a chardiau post printiedig y Weinyddiaeth Bropaganda, sef yr unig bost oedd ar ôl. Mi luniodd gyfundrefn gyfreithiol newydd, ar sail hen Gyfraith Hywel Dda, a chyhoeddi bod Cyfraith Loegr ar ben yng Nghymru Newydd.

Gadael iddo wnaeth yr Almaenwyr, a'i wneud yn bricsiwn yn ffreutur y Brotectoriaeth, ac anfon lluniau ohono yn ei wisg dderwyddol adre i godi gwên. Mi yrrodd Schinkel un hefyd, o ran hwyl, at Brackenthorpe. 'Y Llyw yn ei gynefin,' sgrifennodd ar y cefn, a dyna Brackenthorpe yn ateb ar ran y Llywodraeth Gysylltiol:

> We've heard some preposterous tales,
> Crossing the border from Wales.
> But do let us know –
> It worries us so –
> Do Llyws have feathers or scales?

3 Steil yng Nghymru Newydd

'Nid gwersyll carcharorion ydyw fan hyn,' fel y dywedai Schinkel weithiau dan chwerthin wrth y Llyw, 'tebyg i'r rheini yr ydych wedi darllen amdanyn nhw yn y papurau.' Ac yn wir, roedd y Famwlad mwy na heb yn annibynnol. Parry-Morris oedd ei Harweinydd hi go iawn, ac roedd ei awdurdod o yn fwy na sbloet. Roedd yr Almaenwyr yn fodlon iddo gael rheolaeth lwyr bron dros faterion mewnol Cymru Newydd. Ac mi heliodd o staff go fawr ato i fynd i'r afael â'r gwaith. Mi ddaeth Syr Gwilym Adam-Jones, gerfydd ei glust, yn Brif Glerc iddo, a threfnu job fel ysgrifenyddes hefyd i'w ferch, Angharad. 'Be haru chi, ddyn!' meddai Miriam. 'Mater o raid . . .' meddai Syr Gwilym, heb sôn dim bod bywyd ym mhencadlys y Llyw yn brafiach o beth coblyn na bywyd mewn gwaith arfau.

Roedd y swyddfa bob amser yn reit ffurfiol. Heibio gwarchodwyr Plant Owain yr aech chi, i mewn i dderbynfa lle holai cyn-brifathro Ysgol Ganol Glyn Ebwy chi o dan ei guwch ynghylch eich busnes. Wedyn drwy lond stafell o glercod bach prysur, ac Angharad yn eu plith, i ddal dwylo am funud yn y rhagystafell, nes dôi Syr Gwilym i'ch danfon i mewn i'r swyddfa breifat i ŵydd y Llyw. 'Bore da, bore da!' cyfarchai Parry-Morris yn glên, a chodi'n syth i estyn ei law dros y ddesg. Ac wedi sôn am y tywydd, a holi am eich teulu, a dyfynnu hwyrach o waith rhyw fardd o'r amser gynt, mi agorai'r busnes.

Dim ond tri pheth mawr oedd yn garchar am droed y Llyw. Yn gynta': yr Almaenwyr oedd yn cadw'r ffin. Yn ail: doedd ganddo ddim rheolaeth dros y cyflenwad bwyd. Yn drydydd, ac yn bwysica': roedd o ar ddeall bod bodolaeth Cymru Newydd yn dibynnu'n llwyr ar fod y ffatrïoedd yn dal i gynhyrchu arfau. 'Rydym yn gwneut ein gorau glas dros Gymru. Rhait i chithau wneut eich gorau glas dros yr Ewrop Newyz.'

Mi gyflawnai Parry-Morris ei ddyletswyddau i gyd â gorchest fawr. Aeth i jarffio mwy a mwy. 'Yn nyddiau'r Tywysogion,' meddai, 'roedd hi'n arfer gan yr uchelwyr drin y werin bobol â chwrteisi fel rhai cyfartal, ac i rannu efo nhw eu difyrrwch a phleserau eu byrddau, rhag iddyn nhw feddwl nad oedden nhw ond yn gaethweision neu'n denatiaid, yn lle partneriaid ym mrawdoliaeth Cymru! Felly y bydd hi yng Nghymru Newydd.' Waeth pwy a ddôi i'w swyddfa, yn Gennad y Reich, neu'n bwdryn anwydog yn mynnu cael amser oddi wrth ei waith, mi fyddai ymateb Parry-Morris yr un mor gwrtais. Mi gynigiai iddyn nhw banaid o de ysgawen. 'Nid te fel 'dan ni'n ei gofio fo, wrth reswm pawb. Ond te wedi'i wneud o gynnyrch Cymru o leia'!' Mi soniai am y camau breision roedd Cymru yn eu gwneud tuag at wir annibyniaeth. Mi longyfarchai Siaradwyr Newydd ar yr hwyl roedden nhw'n ei gael ar ddysgu'r iaith, a dweud hanesyn neu ddau wrthyn nhw am ddyddiau gogoneddus Glyn Dŵr neu Llywelyn, ac wedyn mynd at y mater o dan sylw.

Weithiau mi wnâi gylchdaith o amgylch ei deyrnas. Mi gâi ddogn o nwy mîthen gan yr Almaenwyr i'w hen Hymbar (a gawsai ar ôl Marcwis Londonderry), a Syr Gwilym yn sioffyr iddo. 'Sut fedri di wneud y ffasiwn beth?' meddai Miriam. 'Wel,' meddai Syr Gwilym. 'Mae'n mynd â fi o'r swyddfa!' Dow-dow drwy Gymru Newydd yr aen' nhw, yn glonciog hyd y lonydd pyllog tyllog, a dau o Blant Owain yn y cefn, a draig goch ar bob mydgiard. Ym mhob tre, byddai dirprwyaethau o bwysigion lleol yn eu cyfarch nhw â baneri a phosteri teyrngar. A'r un fyddai anerchiad y Llyw ym mhob man. 'Gyfeillion! A fuon ni'n meddwl erioed, yn *breuddwydio* erioed, y bydden ni'n cyfarfod fel hyn, o dan ein baner ni'n hunain, yng Nghymru annwyl, yn rhydd o'r diwedd?' Ac i mewn â nhw i'r ffatri i fwrw golwg dros y graffiau cynhyrchu.

4 *Gormod o ben bach?*

'Tybed, Syr,' meddai Schinkel wrth y *Gauleiter*, yn ystod un o ymweliadau mynych hwnnw, 'nad ydan ni'n rhoi gormod o gynnwys iddo? Dwi'n gweld y dyn wedi mynd yn ormod o ben bach o'r hanner.'

'Gadwch iddo, Schinkel!' meddai von Harden. Mae Cymru Newydd yn dod yn ei blaen yn siort orau, a hynny i raddau helaeth, os ca'i ddweud, oherwydd eich gweledigaeth chi eich hun. Mae'ch adroddiadau chi i gyd yn cael eu hanfon yn eu blaen at y *Führer*, wyddoch chi. Mae o wedi'i blesio'n arw, meddai, gan y ffordd mae pethau'n dod – yn enwedig ers pan gafodd o wybod gynnon ni mis diwetha' fod y bwledi 7.92mm wedi pasio'r deng miliwn 'ma. Maen nhw'n dweud i mi fod giamocs y Llyw Ola' yn ei oglais o'n fawr! Mae'n debyg ei fod o wedi dweud unwaith – dyn ffraeth ydi o, yndê! – y dylid gyrru Parry-Morris i ffrynt Rwsia i redeg y sioe! Hitiwch befo, Schinkel, mae ein llygaid ni, fel eich llygaid chwithau, ar y Llyw. Ac os eith o yr un hanner cam yn rhy bell, *pfft* . . . Ond am y tro, gyfaill, gadwch iddo.'

'Diolch, *Gauleiter*, diolch o galon. Ond mae'r *Führer* yn sylweddoli, debyg, na fydd y deng miliwn 'na'n digwydd eto? Mae'r gweithlu yn dechrau ffagio, fel roedden ni wedi rhagweld. Cyn bo hir iawn, mi fydd yn rhaid inni ddechrau hel pobol i Eryri.'

'I'r Famwlad Derfynol, ydach chi'n feddwl? Ydach chi wedi trafod hyn efo Parry-Morris?'

'Dim ond awgrymu efallai y gellid gwneud y lle'n gysegrfan i Gymreictod, fel rhyw Falhala. Neu'n breswylfa anrhydeddus debyg i'r Ddinas Waharddedig yn Tseina. Roedd o wrth ei fodd, a bu'n sôn am hydoedd am le mynyddoedd Eryri yng nghalon y Cymro – am dywysogion a beirdd a thylwyth teg a ballu. Mi awgrymais innau hwyrach, ym mhen hir a hwyr, yr hoffai ymddeol yno ei hun.'

'Un drwg ydach chi, Schinkel! O'r hen walch ichi, wir!'

IAITH

1 *Coblynnod bach yn y mynyddoedd*

Am rai misoedd, mi aeth pob peth rhangddo'n ddidramgwydd ac yn ddiflas yn y Famwlad. Dyma ichi'r sefyllfa. Roedd yr Unol Daleithiau a Japan heb gymryd ochr yn y rhyfel byth. Roedd bron iawn y cwbwl o Ewrop mewn rhyw ffordd neu'i gilydd o dan reolaeth Hitler. Ond llusgo yn ei flaen, flwyddyn ar ôl blwyddyn, a wnâi'r rhyfel â Rwsia. Roedd byddinoedd y ddwy ochr wedi cwffio'i gilydd yn stond, a gwastraff enbyd ar ddynion ac arfau ar bob ochr. Roedd eu hadnoddau mwy neu lai'n gyfartal, a'r hyn oedd yn hanfodol bwysig bellach oedd cynhyrchu arfau a bwledi.

Mi fu'r *Führer* yn ymhelaethu ar hyn un diwrnod mewn cynhadledd i *Gauleiteriaid* Ewrop yng Ngermania. Yn ystod egwyl yn y trafodaethau swyddogol roedd hyn. Mi dyrrodd y *Gauleiteriaid* yn eiddgar o'i amgylch, a'r rhai hyna' yn agosa', yng ngerddi Llys y Canghellor.

'Yn ffodus,' meddai Hitler, 'mae gynnon ni ffynnon ddiwaelod o lafur i ddiwallu ein hanghenion milwrol. Mae'r peth fel rhodd oddi wrth Dduw. Meddyliwch mewn difri! Yr holl filiynau rheini o is-ddynion, ac ôl-ddynion, ac annynion, o'r Iwerydd i'r Creimea, wedi eu trosglwyddo i'n dwylo ni gan ffawd yn gaethweision. Ha! Maen nhw'r un fath â chorachod Das

62

Rheingold, ond ydyn? Ydach chi'n cofio Alberich yn ymwrthod â chariad? Ydach chi'n cofio tôn y cewri – *pom pom pom pom?*' A dyna fo'n mynd i'r hwyl yn arwain cerddorfa ddychmygol, gan guro'i draed. 'Y rhoddion rydan ni Almaenwyr wedi eu cael o law'r duwiau! A'n dyled ni i ffawd, ffawd y mae'n rhaid i ni afael ynddi, a'i hystumio at ein dibenion ni'n hunain!'

'A gyda llaw, von Harden' – roedd *Gauleiter* Prydain Fawr wastad wrth ei ochr – 'beth am eich moch Cymreig chi? Ydach chi'n ystumio'r rheini at ein dibenion? Chlywais i ddim llawer amdanyn nhw ers amser. Rhaid gwneud yn fawr ohonyn nhw, *Gauleiter*. Wnawn ni byth redeg allan o gaethweision, ond mae iddewon yn mynd yn brin eisoes.'

'Maen nhw'n ddiwyd fel y Niebelung,' meddai von Harden yn gynffonllyd. 'Fel llwyth o goblynnod yn eu mynyddoedd. Ac, fel mae'n digwydd, *mein Führer*, rydan ni wrthi'n trefnu ymweliad i ddiplomyddion niwtral a newyddiadurwyr i ddangos i'r byd cymaint mae cenedl y Cymry ar ei helw o gael annibyniaeth.'

'Ha!' meddai Hitler. 'Gwych. Mi ofala' i y bydd un o'm gweinidogion innau'n dod atoch chi hefyd. Beth ydi graddfa gynhyrchu'r coblynnod yma?'

'Yr ucha' o blith yr holl *untermenchen*. Yn un peth, mi fuodd eu dognau bwyd yn gymharol fawr – wneith hynny ddim para'n hir, wrth gwrs. Ac yn ail beth, mi gawson ni gydweithrediad llwyr eu harweinydd nhw, Parry-Morris, sy'n dal i dywys ei bobol i Wlad yr Addewid.'

'Efallai y dylen ni roi medal i'r dyn, tra bo amser.'

'O, fasai fo ddim balchach, *mein Führer*. Arweinydd gwladwriaeth sofrannaidd ydi o, wedi'r cwbwl. Mae o'n fwy tebygol o gynnig medal i chi!'

'A derbyn wnawn i, myn diain i! Von Harden! Dywedwch wrtho fo y byddai'n fraint gan ei *Führer* dderbyn medal ganddo fo! Be' fasai enw'r peth, dywedwch?'

'O, Urdd y Ddraig Goch, neu Urdd Myrddin neu ryw lol felly. Mi fasai fo'n ei phinio hi ar eich bron, ac yn eich cofleidio chi, a phaldaruo am oes mewn iaith nad oes neb yn ei deall!'

'Wel, am goblyn o hwyl!' meddai Hitler, fel yr aethon nhw yn eu holau i'r neuadd gynadleddau. 'Cael eich cofleidio gan y meirw byw, a'ch cyfarch mewn iaith fydd yn farw hoel cyn pen dim! Nid yn ein hoes ni, efallai, gyfeillion, ond yn oes ein plant, Almaeneg fydd iaith pawb.'

2 *Pwy fyddai wedi meddwl?*

Ond doedd y Dr Parry-Morris ddim o'r un feddwl. Dros y misoedd, mi wnaeth res o ddatganiadau yn ymwneud ag iaith y Famwlad. Un iaith swyddogol oedd i fod bellach, sef y Gymraeg. Dim ond o dan orfodaeth y byddai neb yn defnyddio Almaeneg. 'Un bobol ydan ni yng Nghymru Newydd,' cyhoeddodd. 'I be' sy isio dwy iaith?' A dechreuodd gymryd arno nad oedd ganddo'r un gair o Almaeneg wrth sgwrsio efo'i noddwyr.

Pwy fyddai wedi meddwl? Bu'n rhaid i hyd yn oed y Foneddiges Adam-Jones gymeradwyo dan ei gwynt. 'Rhaid inni ddygymod â'r holl Gymraeg 'ma, debyg,' meddai. 'Ond tydw i ddim yn mynd i siarad Almaeneg, chwaith!' Roedd Angharad wrth ei bodd, a'i chariad, Emrys Owen, hefyd. Achos er ei fod wedi i fagu yn Surrey, roedd o wedi dod yn Gymro reit boeth erbyn hyn.

Brathu ei dafod wnaeth Syr Gwilym. Roedd o'n cofio'n iawn fel y daeth benben â Parry-Morris ar fater bach y gras Cymraeg oedd yn cael ei draddodi bob Dydd Gŵyl Dewi yn y Neuadd. Fel y darganfu pawb yn y coleg bryd hynny, roedd iaith yn peri i'r dyn bencïo'n arw.

3 *Mae'r dyn yn pencïo*

Go brin bod y Llyw yn synnu rhyw lawer bod Dirprwy y Reich yn mynd i'r afael â fo ynghylch y peth. 'Mae mater bach yr hoffwn ei drafot gyda chi, Llyw.' 'Llyw' y byddai Schinkel yn galw Parry-Morris, o ran cwrteisi.

'Ar bob cyfri, Ddirprwy.' 'Dirprwy' y byddai Parry-Morris yn galw Schinkel, o ran cywirdeb.

'Ynglŷn ag iaith mae ef,' meddai Schinkel. 'Mae'ch datganiadau swyzogol diwezar chi wedi peri kryn bryder imi.'

'Pam hynny?'

'Am eu bod nhw yn kael eu llunio, a'u kyhoezi a'u dangos ar goez yn Gymraeg yn unig.'

'Felly?'

'Fe hoffwn i, Llyw, izyn nhw gael eu llunio, a'u kyhoezi, a'u dangos ar goez hefyt yn iaith y Grym Gwarcheidiol, yn iaith yr Ewrop Newyz, yn iaith y rhai, Parry-Morris, fu mor garedig â dot â'ch Kymru Newyz chi i fodolaeth!'

Roedd Parry-Morris fel tasai fo'n brysur wrth ei ddesg, a heb gymryd dim sylw. A dyna Schinkel yn taro'r ddesg yn galed â'i ffon.

'Ydach chi'n fy nghlywet i, Llyw?'

Mi roes Parry-Morris ei bapurau i lawr, a phwyso yn ôl yn ei gadair Eisteddfodol, a thynnu ei sbectol.

'Ydw, Ddirprwy, dwi'n eich clywed chi'n iawn. Ac mae'r hyn yr ydach chi'n ei ddweud yn syndod ac yn fraw imi! A dweud y gwir, dwi'n cael trafferth i fynegi'r peth yn iawn mewn iaith sy'n ail iaith i mi. Mi fyddai cymaint haws yn Gymraeg! Yr Hen Iaith rydan ni'n galw'r Gymraeg, gyda llaw, am mai hi ydi'r hyna' o ieithoedd llenyddol byw Ewrop, ac eithrio'r iaith Roeg o bosib. Ond, fel y gwyddoch chi, Ddirprwy, a chithau, os iawn y cofia'i, wedi gwasanaethu eich gwlad yn y rhan honno o'r byd, mae cryn wahaniaeth rhwng y Groeg maen nhw'n ei siarad heddiw ac iaith Sophocles, Demosthenes, neu hyd yn oed ysgolheigion a beirdd diweddarach, fel Callimachus.'

'Am beth rydach chi'n rwdlan, zyn? Beth syz a wnelo hyn â'ch datganiadau? Tewch â'r lol 'ma, Llyw!'

'Tewch â'r lol 'ma? Cyrnol Schinkel! Dwi'n synnu eich clywed chi yn siarad mor fras! Bu'n perthynas ni ein dau erioed, yn fy nhyb i, yn llawn o'r math o gwrteisi aeth dros go' bellach. Ac roedd ynddi hefyd ryw elfen o gyd-ddealltwriaeth. Oni fuon ni i gyd yn gytûn o'r cychwyn y byddai Cymru Newydd yn wladwriaeth sofrannaidd, er nad yw ond un edau ym mhatrwm mawr Ewrop, ac er ei bod, wrth reswm, o dan nawdd y Grym gorchfygol?

'Beth, Cyrnol Schinkel, ydi nod amgen gwladwriaeth sofrannaidd? Na, peidiwch ag ateb, Ddirprwy. Holi er mwyn ateb ydw i. Purdeb hil fyddai'ch cynnig chi, mae'n siŵr, ac mae modd dadlau felly, debyg. Ond fy ateb i fyddai *iaith*! Yn ôl eich athroniaeth chi, cheith neb *ddod* yn Almaenwr. Rydach

chi'n Almaenwr, neu'n Ariad o leia, neu dydach chi ddim. Yn ôl fy athroniaeth i, ac athroniaeth y frawdoliaeth fechan hon, mi geith *rhywun* fod yn Gymro ond iddo fod yn fodlon dod yn Gymro. A bathodyn ei ymroddiad, y cwlwm fydd yn ein rhwymo ni i gyd yn frodyr ac yn chwiorydd ryw ddiwrnod o fewn Ewrop Rydd y Cenhedloedd, ydi ein hiaith. Iaith ein hynafiaid, iaith ein beirdd drwy'r oesoedd. Dyna pam, Ddirprwy, bod fy natganiadau i i gyd yn Gymraeg!'

'A pham nat yn Almaeneg hefyt?'

Mi edrychodd y Llyw arno heb yngan gair, â mwy o dosturi nag o ddirmyg. Wyddai Schinkel ddim lle i sbio.

'A rŵan, Ddirprwy, os gwnewch chi fy esgusodi, mae fy nyletswyddau yn fy nisgwyl. Mi ddaw fy Mhennaeth Protocol i'ch danfon chi allan.' Mi ganodd o'r gloch fawr bres ar ei ddesg, a dyna Syr Gwilym, wedi cael dyrchafiad mwya sydyn, i mewn o'r swyddfa allanol i hebrwng Dirprwy'r Reich i'r iard. O leia yn fanno roedd y swastica yn dal i hedfan ar ei pholyn wrth ochr y ddraig goch.

CYFLWYNIAD

1 *Yr hyn na ŵyr y Frân Wen*

Ar y cyfan, mi lwyddon nhw i fynd o gwmpas eu pethau heb sathru cyrn ei gilydd. Ildiodd Parry-Morris yr un gronyn ar bwnc yr iaith, ac mi âi i ymyrryd bob tro y clywai fratiaith neu gymysgiaith gan ei ddinasyddion. 'Fedrwn i ddim llai na chlywed eich sgwrs chi gynna',' meddai un tro wrth yr athro ifanc hwnnw o Rydychen. 'A ga'i eich atgoffa chi bod gair Cymraeg godidog am y peth rydw i'n siarad drwyddo, sef 'diddosben'. A gair Cymraeg gwych arall am y peth yr hoffech fy ngweld i yn mynd o'ma arno, sef 'deurod'.

'O, caewch hi, y clown!' meddai'r athro. 'Ŷch chi ddim yn sgwlyn arnon ni, gwboi, nag yn frenin, chwaith.'

'Well iti fod yn garcus yn siarad fel yna, Rhodri' meddai ei gyfaill wedyn. 'Neu fe fyddi di ar restr ddu Schinkel.'

'Feiddie fe ddim!' meddai'r athro ifanc, ond roedd 'na olwg bryderus arno'r un fath.

Achos roedd hi'n amlwg i bawb fod y Llyw, pan nad oedd yn bwrw ei gylchau, yn dipyn o hen law efo'r Dirprwy. 'Talaf i Gesar,' meddai, 'yr eiddo Cesar . . .' Ond beth yn union oedd ystyr hynny yng nghyd-destun Cymru Newydd oedd yn beth arall. Gadael iddo wnâi

Schinkel, ac anfon adroddiadau bach digon ysgafn eu naws i Rydychen a Germania. Fel y dywedodd wrth y *Gauleiter*, doedd hi er lles neb i ryw fân ymgecru dianghenrhaid gadw'r Famwlad rhag mynd rhagddi'n rhwydd. 'Yr hyn na ŵyr y frân wen, ni all y frân wen ei ddweud.'

'Rydach chi yn llygad eich lle, Schinkel,' meddai'r *Gauleiter*.

2 *Dyna syndod i'r ymwelwyr*

Un rheswm pam nad oedd ar von Harden awydd troi'r drol oedd bod ei Ysgrifennydd Propaganda a Hyfforddiant yn Rhydychen, ar orchymyn o Germania, wedi trefnu erbyn hyn yr ymweliad mawreddog hwnnw yn yr ha' i ddiplomyddion niwtral a newyddiadurwyr a chynrychiolwyr y Groes Goch. 'Cyflwyniad' roedden nhw'n ei alw o. Americanwyr fyddai'r ymwelwyr pwysica'. Ac mi fyddai'r achlysur yn gyfle heb ei ail i ddangos wyneb hapus ar bopeth, a throi'r farn ryddfrydol anwadal yn yr Unol Daleithiau o'u tu yn ôl. Ers blynyddoedd bu suon am wersylloedd lladd yng Ngwlad Pŵyl ac yn y dwyrain. Cwbwl oedd y rheini, cyhoeddodd y Weinidogaeth Bropaganda, oedd Mamwledydd ethnig i Iddewon, Sipsiwn, Pwyliaid a chenhedloedd eraill. Yn anffodus, doedd dim modd i neb ymweld â nhw ar hyn o bryd, oherwydd yr amgylchiadau peryglus ar y ffrynt Rwsiaidd. Ar y llaw arall, meddai'r Weinidogaeth, roedd Cymru Newydd yn gwbwl heddychlon. Roedd hi fel arfer ar gau i bobol o'r tu allan, ond dim ond oherwydd mai dyna ddymuniad democrataidd y trigolion. Roedd hi'n well gan y Cymry sefydlu eu Mamwlad heb gymorth o'r tu allan. On'd oedden nhw wedi dioddef bron iawn i fil o flynyddoedd o gymorth y Sais.

Mi fyddai'r ymwelwyr yn darganfod yng Nghymru Newydd bobol oedd bron iawn â dod yn genedl, gyda'i harweinwyr a'i gwerthoedd ei hun, ac yn siarad ei hiaith ei hun, o dan ofal cyfeillgar yr Ewro-Reich. Peth fel hyn oedd y Drefn Newydd. Dyma'r ffordd roedd Ewrop i gyd yn mynd. Doedd dim llety o safon addas o fewn y Famwlad i ymwelwyr, gwaetha'r modd. Roedd hi'n fyd main, a Chymru Newydd yn wlad fechan. Ond byddid yn neilltuo diwrnod cyfan i'r ymweliad, a hedfan yr ymwelwyr o Lundain i'r maes awyr milwrol yng Nghroesoswallt, yn agos i'r ffin, lle byddai ceir yn disgwyl amdanyn nhw.

A dyna syndod i'r ymwelwyr oedd gweld, wrth ddod o'r Junkers 55 ar fore braf o ha', nid yn unig *Gauleiter* von Harden, a'r Dirprwy Schinkel, a chriw o swyddogion o'r Weinidogaeth Bropaganda yn wenau i gyd, ond hefyd neb llai na Josef Goebbels ei hun, yn disgwyl ar y tarmac. 'Nid y fi ydi'ch tywysyz!' meddai dan chwerthin, a nwythau'n haid amdano. 'Ymwelt rydw innau hefyt. Fues i erioet yma o'r blaen. Ond roez y *Führer* yn awyzus iawn imi fot yma i'ch kroesawu. Ac mae'n gyfle i mi gael gwelt Kymru Newyz drosof i fy hun, ac ymorol bod pob peth yn mynt rhagzo yn iawn. Ond mae'n gyfle hefyt imi gael kyfarfot yr arweinydd gwrol, Dr Parry-Morris. Sef 'Y Shlyw' yn ei iaith ei hun. Ydw i'n iawn, Schinkel? Felly mae dweut y peth? Mae Schinkel yn rhugl erbyn hyn. O'm rhan i, fonezigion – a bonezigesau hefyt, hyfryt eich gwelt chi – fedraf i zim honni fy mot yn feistr ar y Gymraeg. Mwy na chwithau, debyg!'

Mi chwerthodd pawb yn barchus, a dyna eu hel nhw i'w ceir, a'u gyrru nhw drwy'r clwydi a thros y ffin – 'sylwch ar y baneri!' – i Gymru Newydd.

3 Dim cwestiynau ar hyn o bryd

A dyna lle'r oedd Parry-Morris yn nrws ei bencadlys, ac Adam-Jones wrth ei ysgwydd, yn barod i'w cyfarch nhw. Bu wrthi am yn hir yn Gymraeg. '*Bravo!*' meddai Goebbels, cocyn nêl cyfarchion y Llyw, gan droi at y gynulleidfa. 'Mae hyn yn dwyn i gof i mi gerz gan y barz o Sais, Robert Graves. Sais ydyw Herr Graves, yntê, Parry-Morris? Ta waeth am hynny, yn y gerz mae rhyw anifeiliait rhyfezol yn kripian kropian o'r môr ar ryw draeth neu'i gilyz. Mae'r Maer yn eu kyfarch nhw, mezai'r barz, 'yn Saesneg ac mewn Kymraeg rhugl.' Rydw i'n kofio'n iawn fel roezwn i'n dotio at acen Gymreig Llysgennat Ribbenthrop, y Gweinidog Tramor, yn adroz y peth, tra oezen ni'n trafot Kymru Newyz. Kanu siarat mae'r Kymry 'ma. Dyn difyr ydi'n Ribbenthrop ni.'

Doedd y Llyw ddim yn gweld y peth yn ddoniol iawn. Roedd o'n ffieiddio'r gerdd honno erioed. Gwneud hwyl am ben y Cymry roedd hi. Dyna wnaeth o oedd gwenu'n annelwig, ac arwain y criw i'r cowt, lle'r oedd te a bara brith yn barod iddyn nhw ar fyrddau hir, a chatrawd o genod yn gweini o dan orchwyliaeth Miriam Adam-Jones. 'Dydi hi fawr o wleddast, 'nac ydi?' meddai honno wrth un o'r Americanwyr boliog. 'Ond mae 'na ryfel, wyddoch chi!'

71

'Croeso i Gymru Newydd,' meddai'r Llyw yn uchel yn Saesneg. Mae'n fraint gen i eich croesawu chi i wlad sy'n ei llywodraethu ei hun am y tro cynta' ers 1282, neu hwyrach 1404. Mae'n ddrwg gen i orfod eich cyfarch chi yn Saesneg, neu yn yr Iaith Fain, fel yr ydan ni'n ei galw hi, oherwydd ei bod yn fain ar neb sy isio dweud dim byd yn farddonol ynddi hi. Ond dyna fo, gyfeillion. Dwi ddim yn meddwl bod yma neb – heblaw Herr Goebbels ei hun, wrth gwrs – fasai'n fy neall i'n canu siarad!' Chwerthin mawr, yn enwedig gan Goebbels.

'Croeso yr un fath. Mae'ch ymweliad chi yn achos dathlu i ni. Ein cyfle cynta' i'n dangos ein hunain i'r byd mawr! Y fi ydi Llyw neu Arlywydd y wlad fechan hon. A dyma Syr Gwilym Adam-Jones, ysgolhaig nodedig, a'm Pennaeth Protocol a Gweinyddiaeth i.' (Syr Gwilym, o dan ei wynt: 'Tro cynta' i mi glywed!') 'Mi gewch chi siarad efo rhywun leiciwch chi, a mynd lle mynnoch chi yn ein cymuned fechan, ond ichi barchu'r rheolau diogelwch. A rŵan, foneddigion a boneddigesau, os oes gynnoch chi gwestiynau cyn inni eich gollwng chi, fel petai . . . ?

Ond dyna von Harden yn ymyrryd. 'Dim kwestiynau ar hyn o bryt, efallai, Llyw. Beth am drosglwyzo'n gwesteion yn awr i'w tywysyzion o'r Weinidogaeth Bropaganda a Hyfforziant? Byzai'n drychineb o beth izyn nhw fynt ar goll! Efallai y byz amser ar gyfer cwestiynau ar ziwez y daith.' A dyna'r ymwelwyr, fesul praidd bach, a phob un â'i gopi sgleiniog o lyfryn bach o dan y teitl *Arfbrawf Mewn Balchder*, yn gwenu'n ddiolchgar ar Parry-Morris, ac yn cychwyn ar eu gwibdaith. Buon nhw'n crwydro

Machynlleth, ac yn mynd mewn coetshus i Ddolgellau a Llanidloes, yn cael eu hel ar frys drwy ffatrïoedd prysur, yn brathu eu pennau heibio drysau blociau annedd a bythynnod. Dangoswyd Eryri iddyn nhw o hirbell, lle, meddid, y byddai cartref cenedlaethol i ddinasyddion teilwng ymddeol iddo, yr un fath ag mewn rhanbarthau annibynnol eraill o Ewrop y Reich. Chawson nhw fawr o amser i dynnu sgwrs â'r trigolion. Ychydig ohonyn nhw oedd yn siarad Saesneg, meddid wrthyn nhw. Ond bu cyngerdd byr o ganeuon gwerin Cymraeg i gloi.

Doedd dim dau nad oedd pobol y Gymru Newydd yn edrych mymryn yn llwglyd. 'Ydyn nhw ddim ychydig yn denau?' meddai gohebydd Sun Chicago wrth ei ofalwr. 'Be wn i?' meddai hwnnw. 'Maen nhw'n byw ar docyn bwyd gweithiwr, ac fel y gwyddoch chi, adeg rhyfel fel hyn, dydi hwnnw ddim yn fawr. Mae eu dognau'n cael eu mesur a'u dosbarthu yn ofalus.'

'Gan Lywodraeth Cymru?'

'Gan Lywodraeth y Brotectoriaeth, sydd wrth reswm yn cadw rheolaeth dros ddosbarthu adnoddau. Talaith â hunan-lywodraeth o fewn Ewrop y Reich ydi Cymru Newydd, fel y gwyddoch chi.'

'Wel, maen nhw'n edrych yn rhy denau i mi,' meddai gohebydd Sun Chicago. Ond roedd pob dim mor lân, a'r gweithwyr wrthi fel lladd morgrug, a'r ysbyty, lle'r oedd doctoriaid gorau hen wasanaeth iechyd Cymru, fel pin mewn papur, nes bod gohebydd Sun Chicago wedi hel ei amheuon i gefn ei feddwl. 'Sylwch ar y dreigiau cochion,' meddai'r dyn o'r Weinidogaeth Bropaganda.

Yng nghanol hyn, dyna Dr Goebbels yn mynd â'r Llyw
o'r neilltu am sgwrs. 'Dim ond ni'n dau,' meddai, gan
yrru'r *Gauleiter*, y Dirprwy a'r staff i gyd i ffwrdd, ac
ymneilltuo i swyddfa breifat Parry-Morris.

'Yn awr, Parry-Morris,' meddai Goebbels, cynta'r
aethon nhw drwy'r drws. 'Wnawn ni zim hel dail na
churo twmpathau. Gêm fawr ydi hyn i gyt, onid e?
Rydw i'n gwybot, ac rwy'n gwybot eich bot chithau'n
gwybot, nat ydach chi yn arweinyz gwladwriaeth
sofrannaiz mwy nag ydw i'n Micky Mouse. Mae'n ofit
i mi glywet eich bot yn anghofio hyn weithiau. Beth
yw hyn am beidio rhoi Almaeneg ar eich arwyzion?
Beth yw hyn am stampiau ac arian papur? Oes gennych
chi zim parch at y Reich ac at ein *Führer*?'

Mi aeth y Llyw i'w ochr o i'r bwrdd i eistedd.
'Eisteddwch, Weinidog y Reich. Peidiwch â hel
rhodres. Dydan ni'r Cymry ddim yn rhyw arw iawn am
seremoni. Fyddwn ni ddim yn rhoi llawer o bwys ar
ryw rwysg personol. Ymhlith ein pobol ni erioed bu
egwyddor sy'n datgan ein bod ni i gyd yn blant i
Dduw, a 'mod i yn frawd i chi, a chithau'n frawd i
minnau, a bod gan bawb hawl i fyw. A rŵan, a ninnau
yn genedl sofrannaidd eto, rydan ni'n naturiol yn
dehongli'r egwyddor honno i olygu cydraddoldeb
gwleidyddol hefyd. Rwyf wedi egluro i'r *Gauleiter* a'r
Dirprwy nad ydw i'n disgwyl dim mymryn mwy oddi
wrthyn nhw na'r cwrteisi arferol y bydd arweinydd
gwladol yn ei gael. Nid perthynas bersonol sydd
rhyngon ni, dalltwch, ond perthynas ffigurol. Nid
perthynas rhwng personoliaethau ond perthynas rhwng

dwy haniaeth. Ydach chi'n fy nilyn i, Weinidog y Reich?'

Am unwaith yn ei hanes, mi aeth yn big ar Goebbels. A chan fod y llwynog yn llonydd, mi aeth Parry-Morris yn ei flaen.

'Rwyf yn meddwl imi'ch clywed chi gynnau, er mai prin y medrwn i goelio fy nghlustiau, yn gofyn oes gen i ddim parch at y *Führer*. Rhaid imi ddweud wrthach chi rŵan, Weinidog, fod fy mharch i at Herr Hitler yn ddamcaniaethol ei natur hefyd. Rwyf yn credu bod fy nghydwladwr, Lloyd George – oedd yn ddigon tila ei gefnogaeth i'r achos, gwaetha'r modd, ond yn geiliog mawr ar domen y byd yr un fath – bod Lloyd George wedi dweud rhywbeth tebyg ar ôl cyfarfod â Herr Hitler cyn y rhyfel. Nid cyfarfod rhwng dau feddwl oedd hwnnw, meddai yn gyfrinachol ar ôl dod adre, ond cyfarfod rhwng dwy ddamcaniaeth. Mae'n siŵr gen i fod Herr Hitler yn teimlo'r un fath. Efallai ei fod o wedi sôn wrthach chi am yr achlysur, Dr Goebbels?'

'Do, do,' meddai Goebbels fel dyn mewn perlewyg. 'Mae ef wedi sôn sawl gwaith am y peth.'

'Felly'r oeddwn i'n amau. Mae llawer yn dweud bod cyfaredd y Cymro yn aros yn hir ar y sawl sy'n ei gyfarfod. Ond, fel y dywedsoch chi mor graff gynnau, Weinidog, does yr un ohonon ni'n dau am gymryd ei siomi ynglŷn â'r amgylchiadau presennol. Rydan ni'n gwybod yn iawn lle'r ydan ni'n sefyll, on'd ydan? Peidiwch â phoeni dim am hynny. Fydd mater yr iaith, wrth gwrs, ddim yn rhwystr o fath yn y byd i'r Famwlad. Ac os caf i ddweud, Dr. Goebbels, mae hi'n fraint cael eich croesawu chi yma o bob man, yn Nhŷ Senedd fy rhagflaenydd mawr Owain Glyn Dŵr. A hynny nid yn unig ar ran ein cenedl newydd, ond ar ran y cenedlaethau o wladgarwyr sydd wedi ymladd mor ddygn drwy'r oesoedd dros hawliau eu cenedl a'u diwylliant a'u hiaith.

'A rŵan, Herr Gweinidog, rwy'n clywed ein gwesteion ni yn dychwelyd. Wedi cael eu goleuo, siawns, wrth gael eu difyrru. Awn ni atyn nhw am ryw lymad bach?'

5 *Hen air Cymraeg*

Fel dyn mewn llesmair, mi gymerodd Goebbels ei dywys at y drws. 'Rwyf yn mezwl, Parry-Morris, eich bot yn ynfyt,' oedd y cwbwl y medrai ei ddweud. 'Yn ynfyt bost.'

'Mae 'na hen air yn Gymraeg,' meddai'r Llyw. 'Yr ynfytyn ni ŵyr ei ynfyted'. Ac fel y cododd y *Gauleiter*, Schinkel a swyddogion y Weinidogaeth Bropaganda, fymryn yn bryderus, i gyfarch Dr Goebbels yn y rhagystafell, dyna'r Llyw'n cau'r drws yn ddistaw ar ei ôl.

PENDERFYNIAD

1 *Llwyddiant mawr*

Ar yr olwg gynta', bu ymweliad y niwtraliaid yn llwyddiant mawr. Dosbarthwyd ugeiniau o luniau hapus gan y Weinidogaeth Bropaganda: Cymry'n gwenu wrth gyfarch yr ymwelwyr â chaneuon a blodau a darnau adrodd; Goebbels, a thwrr o ddinasyddion diolchgar y Famwlad o'i amgylch, â chlamp o Genhinen Bedr yn ei lapel; ymwelwyr o'r Unol Daleithiau, Japan, y Swistir, Iwerddon, Portiwgal, Sweden a'r Groes Goch Ryngwladol yn archwilio ffatrïoedd, ac yn sglaffio bara brith; ac yn benna', y Llyw yn ysgwyd llaw â Goebbels, ac yn sefyll ar gyfer y ffotograffwyr efo Gweinidog y Reich, y *Gauleiter* a'r Dirprwy o dan ddraig goch fawr.

Roedd pawb wrth eu boddau. Bu peth wmbredd o erthyglau yn dweud fel roedd y Famwlad yn dystiolaeth i awydd diffuant yr Almaen am Ewrop newydd, lle byddai yr holl bobloedd, o dan fargod cysgodol y Reich, yn rhydd i fod yn nhw eu hunain. Mi swynwyd hyd yn oed rhai o'r sylwebyddion mwya' rhyddfrydol a sinicaidd yn America. Yn Nhŷ'r Arglwyddi, gofynnwyd i'r Arglwydd Brackenthorpe am ei sylwadau. A dyna fo'n llongyfarch y Grym Gwarcheidiol ar ei gamp. Achos un o ddyheadau mwya'r Llywodraeth Gyswllt hefyd, meddai, oedd adfer hunan-barch yr holl genhedloedd bach hynafol oedd o fewn y Deyrnas Unedig.

2 *Ond*

Ond ychydig yn wahanol oedd y darlun roes Dr Goebbels i'r *Führer* pan aeth am de i Lys y Canghellor ar ei ddychweliad i Germania. Seilam oedd Cymru Newydd, meddai. Ffars oedd y cwbwl. A ffars berig hefyd. Oni bai am ei swyddogion gwybodaeth deheuig o, byddai'r holl ymweliad wedi bod yn drychineb propaganda. Roedd y dognau bwyd prin a'r oriau hir yn dechrau dweud ar wynebau wedi curio, a chyrff wedi eu nychu. A hefyd, roedd Goebbels yn amau, mewn gostyngiad yn y cynhyrchu, waeth beth oedd Schinkel yn ei ddweud. Bu'n anodd ar y naw codi'r ysbryd croesawgar angenrheidiol. A bu'n rhaid cadw hanner y boblogaeth o'r golwg, rhag i neb eu gweld nhw'n welw ac yn wyllt. Bu cyfathrachu yn sicr, gwaetha'r modd, rhwng ymwelwyr a thrigolion. Roedd o ei hun wedi clywed un o'r genod te yn dweud pethau wrth Americanwr oedd yn ymylu ar fod yn deyrnfradwriaeth.

'Mae gen i ryw deimlad annifyr yn eu cylch nhw, Adolf. Heb fod yn annhebyg i'r teimlad fyddai gen i – ydach chi'n cofio – pan oedd yr Iddewon yn dal yma yn bla. Ond yn waeth na dim, *mein Führer*, mae'r dyn hanner call hwnnw, Parry-Morris.'

'Ḥanner call? Be' dach chi'n feddwl, hanner call? Dwi'n mynd i dderbyn medal gan y dyn!'

78

'Hanner call fel Cymro, am wn i. Mi ddyfynnodd ryw ddihareb annealladwy am agwedd y Cymry tuag at wallgofrwydd, i'r perwyl nad ydi pobol wallgo'n gwybod eu bod yn wallgo'. Fy marn i ydi bod gwallgo yn wallgo, a bod Parry-Morris rownd y bend ac allan.'

'Be' 'di'r broblem, 'te? Mi gawn ni wared arno fo. Rhaid iddo fynd rywbryd.'

'Rhaid, diolch i Dduw. Ond mae 'na gymhlethdodau.'

'A! Ond does gynnon ninnau ddiarhebion hefyd?' meddai Hitler, gan daro lwmpyn siwgr yn ei gwpan. 'Glywsoch chi honno o Fafaria, Goebbels? 'Hira'n y byd y gadewch y doman dail, mwya'n y byd y bydd hi'n drewi.' Does 'na'r un cymhlethdod yn rhy fawr, Goebbels, i'r ymgyrch lanhau fawr a elwir y Drydedd Reich. Does 'na'r un doman gachu gwartheg yn mynd i'n hatal ni. Y ni ydi carthwyr y baw, y ni ydi'r glanhawyr, y diheuddwyr, y dalwyr llygod ffyrnig! On'd ydan ni,' meddai, gan godi brechdan bach giwcymbar rhwng ei fys a'i fawd, 'wedi sgwrio Ewrop yn lân o dair, bedair, bump o filiynau o'r diawliaid?'

'Do, wir. Ond mae Parry-Morris yn codi problemau ychydig yn wahanol i'r Hil Ddetholedig arall honno. Yn un peth, mae'n holl ymgyrch bropaganda ni ynglŷn â Chymru, yn enwedig yn America, yn dibynnu ar ei bresenoldeb ysbrydoledig o.

'Mae o'n ysbrydoledig, yndi? Pa mor ysbrydoledig?'

'Wel, nac ydi, siŵr! Lembo ydi o. Bod yn eironig roeddwn i, chwedl nhwythau.'

'Wela i. Mâd â fo, te!'

Ie, wrth gwrs, yn y pen draw. Ond yn anffodus, mae'r dyn wedi ennill tipyn o fri. Mae'r Americanwyr wedi cymryd ato'n arw fel rhyw ddelw o – wel, ohonoch chi, *mein Führer*, mewn ffordd . . .'

79

Ac wrth weld bod y brechdanau ciwcymbar i gyd
wedi mynd, mi droes Goebbels at deisen bach jocled.

3 *Y ffordd roedd meddwl Adolf Hitler yn mynd*

'I'r diawl â'r Americanwyr! Dyma fy mhenderfyniad i. A dyn
penderfynol ydw i, fel y gwyddoch chi, Josef. Dwi'n byw wrth
benderfyniadau. Maen nhw'n dweud amdanaf i erioed, hyd yn oed
pan oeddwn i'n fachgen, fy mod yn gwneud fy meddwl mewn
chwinciad, a na fydda i byth yn gwyro oddi wrtho fo. Felly y mae
hi heddiw. A dyma fy mhenderfyniadau ynghylch Cymru. Yn
gynta', rhaid cael ymadael â'ch cyfaill hanner call Parry-Morris,
ond ar ôl dod â fo yma i Germania i roi fy medal imi. Yn ail,
rhaid dirwyn y fenter tua'i hateb terfynol. Mae'r Llwythau Coll
wedi gwneud eu gwaith propaganda. Anghofied y byd amdanyn
nhw bellach. Mae'r penna' defaid Americanwyr 'na yn colli
diddordeb mewn dim o dro. Ydach chi'n deall y penderfyniadau
'ma, Goebbels? Ydach chi'n gweld ffordd mae fy meddwl i'n
mynd?'

'Ydw, yn berffaith, *mein Führer*. Ond medal yr
ynfytyn? Ydach chi'n dal am dderbyn honno?'

'O, ydw, Goebbels. Awn ni ymlaen â'r fedal. Am hwyl!
Urdd y Ddraig! Neu y Delyn? Neu yr Uchelwydd – roedd
hwnnw'n un o bethau'r Derwyddon, on'd oedd? Am jôc!
Peidiwch â dweud wrth Himmler – mae o'n coelio'r yr holl
rwtsh ratsh, wyddoch chi. Dewch â'r dyn yma ryw ddiwrnod
wythnos nesa', iawn? Gwibdaith ola'r Llyw Ola'!'

'Mi wna'i y trefniadau. Ac yn awr, efallai y cawn ni
droi at bwnc llai diflas. Bûm yn ymgynghori efo
Fraulein Riefenstahl, ac rydan ni'n meddwl ei bod yn

amser inni gynnal rali ddathlu yn y Stadiwm Olympaidd. Ar ei diwedd hi, mi fydd 'na fil o'r bomars Lancaster gymeron ni oddi wrth y RAF yn hedfan heibio, a swastica o dwll bomiau pob un . . .'

'Hyfryd o syniad!' meddai'r *Führer*.

ARWISGIAD

1 *Parry-Morris yn mynd i Germania*

Ac i ffwrdd â Parry-Morris i Germania ar wŷs y *Führer*, a hynny mewn steil garw, a Heinrich Schinkel yn gydymaith. A rhyw osgordd go flêr o Blant Owain yn ei saliwtio, mi ddringodd i fersedis mawr du y Dirprwy, ac mi aeth hwnnw â fo i'r maes awyr milwrol i Groesoswallt. I'r Almaen wedyn mewn Junkers o eiddo'r Weinyddiaeth Dramor. Ym maes awyr Tempelhof, yng nghanol prifddinas Ewrop, roedd swyddogion o Lys y Canghellor, a haid o ddynion camera, yn ei ddisgwyl. Wrth adael yr awyren, mi safodd y Llyw â golwg radlon braf arno i gael tynnu'i lun, fel petai o'n gwneud hyn o'r crud. Mi dynnodd o sgwrs yn glên efo criw'r awyren. Doedd y rheini'n deall yr un gair, ond roedd eu hymateb nhw'n reit barchus. Taith ddiwrnod oedd hon i fod. Cinio efo'r *Führer* yn Llys y Canghellor, ac yn ôl i'r Famwlad fin nos. Mi ddywedodd Goebbels wrth ei wraig wedyn mai cyfarfod ynfydion oedd o.

Chododd Hitler ddim oddi ar ei eistedd, na hyd yn oed edrych, pan gyrhaeddodd y Llyw, a Schinkel wrth ei ymyl, ar hyd y Llwybr Hir brawychus drwy ragstafelloedd Llys y Canghellor. Roedd y stafell yn ddistaw. Roedd Goebbels yn eistedd wrth ochor Hitler, a'r ddau yn sbio ar ryw ddogfen. Roedd 'na ddau brocar o warchodwr y tu ôl i'r ddesg, a dau swyddog mewn lifrai yn gwyro'n ofalus dros ysgwydd Hitler, yn barod i droi tudalen neu i estyn ffeil arall. Ddywedai neb yr un gair.

Ond throes Parry-Morris yr un blewyn. Mi ddewisodd gadair iddo'i hun, ac eistedd a chroesi ei goesau, a gosod ei fag du hen-ffasiwn wrth ei ochor ar lawr.

Mi aeth munud arswydus heibio, a dyna Schinkel yn clicio'i sodlau, ac yn coethi *Heil Hitler*. Mi besychodd Goebbels beswch bach. A dyna Hitler yn codi ei lygaid, yn deall pob peth, ac yn chwerthin ei hochor hi. 'Mae'n rhaid mai chi ydi'r unfytyn o Gymro!' meddai. 'Fe fûm yn eich disgwyl chi. Pwy ond unfytyn sy'n ymzwyn fel hyn yng ngwyz arweinyz Ewrop gyfan? Schinkel, fel hyn y byz o bob amser? Chwarae mig efo fi rydach chi, Gymro? Jôc za! Koblyn o jôc za, yndê, Goebbels? Mae'n berig i rywun farw o chwerthin.'

Mi gymerodd Parry-Morris ei wynt ato cyn ateb, yr un fath ag arfer. 'Ers talwm, *mein Führer*,' meddai, 'pan oedd ein tywysogion brodorol ni yn teyrnasu yng Nghymru, a beirdd yn canu mawl a marwnad iddyn nhw, ac yn eu plith nhw Dafydd Ap, fel y gwyddoch chi, mae'n siŵr –'

'Dafi Zap? Chlywais i erioet sôn amdano,' meddai'r *Führer*.

'Yn y dyddiau hirfelyn tesog hynny, er gwaetha'n hamgylchiadau cymdeithasol ni, oedd yn waeth, ar ryw ystyr, nag yng ngwledydd eraill Ewrop, heblaw, efallai, y rhanbarthau Celtaidd – er gwaetha'r anfanteision hyn, roedd gan y Cymry enw fel cenedl llawn hwyl a rhialtwch.

'Mae'n wir i'r ysbryd hwnnw gael ei wasgu braidd o dan iau y Saeson. Ond rydan ni wedi bwrw'r iau honno o'r diwedd oddi ar ein gwar, diolch i'ch polisi hael a goleuedig chi, ac mae'n dda gynnon ni feddwl nad ydi ein dawn ni i ddifyrru wedi cael ei mygu'n llwyr. Ond fynnwn i ddim am y byd, eich Ardderchowgrwydd, ichi feddwl mai bod yn wamal roeddwn i gynnau. Dyna lle'r oeddech chi ym mhen eich helynt – a gwn yn iawn, eich Ardderchowgrwydd, sut y gall pwysau cyfrifoldeb mawr beri i rywun anghofio'n llwyr lle mae o – ac wrth ddewis cadair i mi fy hun, dim ond arfer braint unrhyw Arweinydd Gwladol yn cyfarfod un arall roeddwn i.'

'Rydach chi yn eich lle Goebbels. Mae 'na grac mawr yng nghrochan y dyn,' meddai Hitler. 'Ydach chi zim yn sylwezoli, Parry-Morris, y medrwn i eich hel chi i Silesia Ucha', os gwyzoch chi lle mae fanno, â chlep ar fy mawt, fel hyn?'

Doedd y Llyw ddim fel petai o'n clywed. 'A dweud y gwir, eich Ardderchowgrwydd, roeddwn i ar fin arfer braint arall fel Llyw, neu *Führer* fy mhobol i, hefyd. Sef eich gwahodd chi i fod yn gynta' o neb i dderbyn yr anrhydedd newydd rydw i wedi ei chreu yn ddiweddar yn ein gweriniaeth fechan: aelodaeth o Urdd Llywelyn a Glyn Dŵr. A dyna fo'n plymio i'w fag Gladstone, ac yn estyn clamp o fedal fawr blaen o haearn, ac arni lun damcaniaethol iawn o'r ddau wron ochor yn ochor. Ond cyn imi ei rhoi, eich Ardderchowgrwydd, mi rydach chi'n gybyddus â hanes ac arwyddocâd y ddau arwr cenedlaethol hyn? Ddylwn i egluro eu hystyr hanesyddol i'n cenedl newydd ni?'

'Peidiwch, er mwyn Duw, Parry-Morris!' meddai Hitler dan chwerthin. 'Does gennyf i zim drwy'r dyz.' Ac er syndod mawr i bawb, dyna Hitler yn plygu ei ben er mwyn i'r Llyw gael rhoi drosto ruban gwyrdd blaen yr Urdd. 'Yn rhinwedd fy swydd,' meddai, 'fel Llyw Cymru Newydd, ac yn enw Owain Glyn Dŵr, a Llywelyn ap Gruffudd, ein Llyw Ola', a hefyd Gruffudd ap Llywelyn, brenin Gwynedd a Phowys, a Chymru gyfa' am sbel tua'r flwyddyn 1057, ac yn enw'r hen frenhinoedd dewr Cadwaladr a Chadwallon, a'r gwŷr a aeth Gatraeth yn ffraeth eu llu, yr wyf â'r fedal hon yn eich cadarnhau chi, Adolf Hitler, yn aelod o'r Urdd hon.'

Roedd Hitler wrth ei fodd. 'Da iawn, wir, Parry-Morris, yr unfutun!' meddai. 'Gwell na Lloyt George!' A dyna Goebbels a Schinkel a phawb yn cymeradwyo, ac yn powlio chwerthin. 'Rydach chi'n debyg iawn i Lloyt George, Parry-Morris,' meddai Hitler. 'Fe fûm yn mezwl erioet y gallwn fot wedi taro bargen â hwnnw, petai ef mewn grym. A dyma daro bargen â chi. Yntê, Goebbels?' Ac wrth godi, mi chwerthodd dros y lle, gan daro ei fys bach tew ar ochr ei drwyn. 'Ac yn awr, Arzerchowgrwyz, ar ôl yr anrhydez fawr yr ydych wedi ei rhoi imi, awn i fwyta!'

2 Tair colofn hanes

Y gwir oedd bod Hitler wedi cymryd at Parry-Morris. Am y tro cynta' ers blynyddoedd lawer, nid ei gloch o ei hun oedd ucha' wrth y bwrdd. Ac ar ôl cinio, mi aeth o â'r Llyw yn ei limosin fawr ddu – 'dim ond y zau ohonom ni, Meistr Ewrop a Meistr Kymru!' – am dro drwy'r Ferlin newydd – 'Germania! Yng nghusgot adenyz eryr hon, Parry-Morris, mae gwledydd Ewrop i gut, a'ch gwlat fechan fach chi, yn byw a bot.'

85

I fyny'r bwlefard newydd hon, ac i lawr y bwlefard newydd acw yr aethon nhw, a thrwy Balas enfawr y Bobl, a'i rhestri o enwau meirwon y rhyfeloedd. 'Arswydus, yntê, Parry-Morris? Arswydus o brydferth. Kymaint o fywydau ysblenyz wedi eu haberthu dros y *Vaterland* a dros yr Ewrop Newyz! Oni welwch chi eu hysgwyddau ifanc kryfion nhw yn sgleinio yn yr haul, neu yn yr eira? Oni welwch chi nhw'n kanu ac yn ymlaz, yn edrych tua'r wawr? A'r tu ôl izyn nhw, merchet ifanc yr Almaen nwythau, yn bryt golau ac yn wydn, yn gefn bob amser i'w dynion? Siaradwch, Parry-Morris! Dywedwch rywbeth, zyn!'

'Mae hi'n anodd imi ddweud dim am y peth, a dweud y gwir, eich Ardderchowgrwydd. Mae'n dau wareiddiad ni yn hanu o'r un cyff ers talwm iawn yn ôl – fel mae'ch swastica chi, sef yr hen sumbol sanskrit, yn rhyw led awgrymu. Ond rydan ni wedi mynd mor bell oddi wrth ein gilydd yn nhreigl y canrifoedd, nes bod eich gwerthoedd a'ch traddodiadau chi erbyn hyn ychydig yn estron.'

'Estron? Beth ydach chi'n ei fezwl, estron?'

'Nid estron mewn unrhyw ystyr hanfodol. Does yr un hil yn gwbwl estron i'r un arall. Bardd o Gymro, wyddoch chi, ddysgodd inni nad oes un dyn yn ynys. Estron yn yr ystyr bod ein golwg ni ar hanes yn wahanol.'

'Arglwyz, Parry-Morris, rydach chi'n paldaruo! Hil ydi hil, yndê? Ariad ydi Ariad, Slafiad ydi Slafiad, izew ydi . . . oez izew. Rydan ni i gyt yn gwybot hyn. Mae hanes yn kadarnhau hyn o flaen ein llygait. Beth amdanoch chithau, y Kymry? Ont ydi eich ffawt chi yn agor yn union fel roezen ni wedi rhagwelt? Ydach chi'n gwelt, Parry-Morris, rydan ni Almaenwyr yn kudio mewn ffawt. Mae ffawt yn forwyn inni. Mae'r hyn syz ar y gweill i chi a'ch pobl yn nwylo ffawt. Ont ffawt sy'n forwyn i hil y Meistri. Ydach chi'n deall hynny, Parry-Morris? Mater o hil, ffawt, a meistrolaeth ydi pob peth. Dyna dair kolofn hanes. Hil, ffawt a meistrolaeth,' a dyna Hitler yn rhoi ffatan i'w ben glin ei hun, yng nghefn y limosin, ac yn rhoi'r llaw arall, yn dyner bron, ar ysgwydd y Llyw.

'Dywedwch chi, *Führer* . . .' meddai Parry-Morris.

3 *Ddim uwch na baw ei sawdl*

Wedi cyrraedd Templehof, lle'r oedd Goebbels a Schinkel yn disgwyl amdanyn nhw, mi aeth y *Führer* ei hun i hebrwng Parry-Morris at ei Junker, a'i gwylio hi'n powlio mynd i lawr y rynwe, a'i dwy faner, y swastica a'r ddraig, yn chwapio o'i phoptu, nes cael eu tynnu i mewn i'r caban wrth i'r awyren godi i'r awyr. Mi saliwtiodd y *Führer* y Llyw, ond saliwtiodd y Llyw mono fo, dim ond chwifio'i law yn ddi-feind braidd. Ond doedd hyd yn oed hynny ddim i'w weld yn dramgwydd i Feistr Ewrop.

'Chwilen dom, ddim uwch na baw sawdl, wrth gwrs,' meddai wedyn wrth Goebbels, a nhwythau ochor yn ochor wrth y wal biso VIP, cyn dychwelyd i Lys y Canghellor. 'Mae'r *untermensch* yn amlwg yn ei doriad o. Ond mae o'n gwneud imi chwerthin, cofiwch.'

'Tybed,' meddai Goebbels, 'nad ydach chi yn gwneud iddo fyntau chwerthin hefyd?'

Mi dywyllodd gwyneb y *Führer* fymryn, ac mi feiniodd ei lygaid wrth gau ei falog. 'Cewch wared arno fo, prun bynnag,' meddai. 'A'r gweddill o'r giwed.'

BENBEN

1 *Gorchymyn ymddeol*

Pan ddaeth y Llyw adre i'w deyrnas, mi gafodd fod
penderfyniad y *Führer* wedi cael y blaen arno. Roedd y
Grym Gwarcheidiol wedi llunio Gorchymyn Ymddeol,
ac roedd 'na gopi yn disgwyl yn ei swyddfa. A syndod
annifyr iddo oedd bod hwnnw yn Gymraeg ac yn
Almaeneg hefyd.

> *Gorchmynnir i bob dinesydd 65 oed a throsodd
> ymbaratoi i gael eu trosglwyddo i Gartref Anrhydedd
> Eryri, ynghyd â dinasyddion sydd â thystysgrifau
> Anabl i Weithio. Fe roir gwybod i'r dinasyddion pa
> bryd y bydd yn rhaid iddynt reportio am dransport.
> Ond dylent fod yn barod i ymdael unrhyw adeg.*

> *Drwy Orchymyn y Llyw.*

2 *Y Llyw ar gefn ei gythraul*

'A be'di ystyr peth fel hyn?' meddai'r Llyw wrth
Schinkel. 'Drwy awdurdod pwy y lluniwyd y
gorchymyn hwn? Drwy ba hawl y rhoddwyd fy enw i o
dano fo? Sut siâp sydd ar y Cartref Anrhydedd 'ma? A
pham na ches i gyfle i'w weld? Mae hyn yn torri pob

88

un amod fu rhyngon ni a'r Reich! Mi fasai'r *Führer* ei hun, a fyntau wedi datgan ei ddiddordeb yn hynt a helynt y Cymry, yn dychryn i ffitiau tasai fo'n clywed am y fath sarhad ar arweinydd gwlad! Dim ond ddoe roedd o'n derbyn gen i yr anrhydedd fwya' y medar ein cenedl ni ei rhoi i neb. Drwy ba hawl y gwnaed hyn, Schinkel? Dwi'n mynnu cael gwybod! Dwi'n mynnu cael codi'r mater â'r *Führer* ei hun. Nid fel unigolyn preifat dwi'n dweud hyn, ond fel Arweinydd Gwladol cenedl sy'n rhan o Drefn Newydd Ewrop!'

'Peidiwch â chynhyrfu, Llyw!' meddai Schinkel. 'Rhait gwynebu rhialtwch. Trefn Almaen y Natsïait ydi Trefn Newyz Ewrop. Does gennych chi zim o hawliau o'i mewn hi mwy na neb arall sy wedi ei drechu drwy nerth arfau'r Almaenwyr, ac sy bellach o dan awdurdot yr Almaenwyr. Fe wneith y *Führer* yrru Kymry i ble bynnag y mynno, pryt bynnag y mynno, heb ymgynghori â'u Harweinyz Gwladol, chwedl chithau. Ac os nat ydach chi wedi sylwezoli'r caswir anffodus hwnnw, rydach chi'n fwy o lembo nag roez neb yn fezwl.'

Doedd hyn ddim fel petai'n dychryn dim ar Parry-Morris. 'Eisteddwch, Ddirprwy,' meddai'n gwrtais, gan eistedd ei hun yn ei gadair eisteddfodol y tu ôl i'w ddesg. 'Rydw i'n siŵr nad ydach chi o ddifri. Gwegian ddaru chi am eiliad o dan bwysau eich cyfrifoldeb. Anghofio sut mae bod yn foneddigaidd, tywyllu barn, fel y bydd pawb mewn awdurdod yn gwneud o bryd i'w gilydd, oherwydd ein swydd arswydus. Pwysau ein cyfrifoldeb ydi'r bai. Mi sylwais fod hyd yn oed y *Führer* yn colli arni ambell waith yn ystod ein sgwrs bach ddoe. Mae o wedi difaru wedyn, debygwn i. Mi fûm innau er fy ngwaetha' ambell waith yn dweud rhyw bethau y baswn i'n gochel rhag eu dweud mewn sgwrs bob dydd.

'Gwrandwch rŵan, Schinkel. Rydw i'n amau mai cael eu hel i Eryri i'w difa mae'r bobol 'ma. Ydw i'n iawn? Ydach chi'n gwadu'r peth?'

Ddywedodd Schinkel yr un gair o i ben, ac mi aeth y Llyw yn ei flaen.

'Iawn, ta. Rydw i, drwy rinwedd yr awdurdod a roed imi fel Arweinydd Gwladol gan y Grym Gwarcheidiol, yn 'cau gadael, ac yn gwrthod caniatâu, i hyn ddigwydd!'

Ac wrth ddweud hynna, mi rwygodd y Gorchymyn Ymddeol yn gyrbibion mân, ac yn rhoi lluch iddyn nhw i gyd i'r fasged sbwriel.

'Gott in Himmel, Parry-Morris!' meddai Schinkel. 'Ydach chi zim yn deall . . .?'

'Y medar y Führer â chlep fel'na ar ei fawd fy hel i am byth i Silesia Ucha', os gwn i lle mae fanno? Wel, yndw, siŵr Dduw, Schinkel. Ond dwi'n sylweddoli hefyd fy mod i'n rhywun bellach yn y byd mawr, diolch i'ch Gweinyddiaeth chi eich hun. Y fi ydi'r unig symbol byw o'ch ewyllys da chi tuag at bobloedd Ewrop. Y fi ydi anrhydedd fy mhobol i – a'ch pobol chithau. Mi fuoch cystal â dangos imi'r erthyglau o bapurau America, Sweden, y Swistir, Iwerddon, Portiwgal, Japan, a Duw a ŵyr lle, yn sgil ymweliad y niwltraliaid mis diwetha. Meddyliwch helynt fasai 'na drwy'r byd, petai pawb yn cael gwybod mai twyll ydi Cymru Newydd. Nid Iddewon ym mhen draw Dwyrain Ewrop mohonan ni, Schinkel, wrth drugaredd y Bod Mawr. Dim ond cwta ddau gan milltir sy o fama i Lundain. Ac yn Llundain mae'r Wasg niwtral – ac yn enwedig yr Americanwyr, a llawer o ddynion a merched dylanwadol yn eu plith o dras Cymreig – yn cadw llygad barcud, hynny fedran' nhw, ar hynt a helynt yr ynysoedd hyn. A rhaid eich bod chi'n meddwl fy mod i'n fwy byth o lembo, chwedl chithau, nag ydw i, os oeddech chi'n meddwl fy mod i heb amgyffred y pethau hyn. Felly, Herr Dirprwy, rydw i yn gwahardd hel y bobol yma i Eryri. Ac rwy'n mynnu bod y gorchymyn esgymun yn cael ei dynnu'n ôl yn syth bin. Mi fydda'i isio cadarnhad ysgrifenedig erbyn bore fory, os gwelwch yn dda.'

3 *Goebbels mewn cyfyng-gyngor*

'Ha, ha, ha!' meddai Hitler, pan gafodd ail-bobiad glastwraidd iawn o'r sgwrs hon y noson honno. 'Un ar y naw ydi'r basdad Brython 'ma. Ydi o'n honco, ta be? Mae o wedi'i gwneud hi rŵan. Lluchiwch ei her fach wag o ar draws ei ddannedd! Dywedwch wrth Schinkel fy mod i'n dweud am guchwyn y trenau yn syth, ac am roi Parry-Morris ar y cynta.'

Ond roedd Goebbels mewn cyfyng-gyngor. Ai her wag oedd y cwbwl? Hyd yn hyn, roedd y Cymry wedi cael eu trin yn o lew. Roedd eu sofraniaeth nhw wedi cael ei pharchu. *Gott in Himmel*, roedden nhw wedi cael eu ffordd hyd yn oed ar fater yr iaith! Ond fel roedd Parry-Morris wedi dweud, yr achlust leia' un nad oedd Cymru Newydd yr hyn roedd hi i fod, y tro cynta' y byddai'r ceiliog dandi Llyw 'ma'n cael torri ei grib, mi ddôi tro ar fyd. Roedd 'na rai yn America eisoes yn annog rhyfel rhyddid. Beth petasen nhw'n cael gwybod bod Cymru Newydd yn gelwydd? Gwyrth oedd bod yr Almaenwyr yn cael rhwydd hynt i greu eu Hewrop *Juden-frei*. Fedren nhw fforddio rhoi pob dim yn y fantol rŵan, er mwyn difa chydig o gannoedd o filoedd o Geltiaid?

4 *Ond Hitler yn gweld y ffordd yn syth*

'Mynd yn hen 'dach chi, Goebbels!' meddai Hitler. 'Mae 300 o filiynau yn ein hymerodraeth ni. Rydan ni wedi gorchfygu'r ddaear. Mi gawn wneud fel y mynnon ni. Ffwcio'r Americanwyr. Rydan ni wedi chwarae efo Parry-Morris yn rhy hir. Dwi wedi laru arno fo. Dydi o ddim yn gwneud imi chwerthin ddim mwy. Cewch wared arno fo. Wn i! Carthwch o oddi ar wyneb ei wlad fechan gachu o ar eu diwrnod cenedlaethol nhw! Mae gan bob gwlad yn fy Ymerodraeth ddiwrnod cenedlaethol. Diwrnod i gael gwared ar eu harweinydd, yntê, Goebbels? I gael gwared ar y gwehilion. I'w llnau nhw oddi ar go' dynol ryw. Pryd mae o? Mawrth y Cynta'? Aha! Mawrth y Cynta'! Dwi'n cofio rŵan. Un o ddiwrnodiau fy mad-a'm-hanfod i. Mae ffawd yn ddi-ffael. A pha sant honedig sy'n cael ei goffáu ar y diwrnod hwnnw? Dewi Sant? Iawn te. Perwch i bobol y *Reich-Kontrolle* drefnu bod y 'Llyw' bondigrybwyll 'ma yn canu'n iach i'w bobol, ac yn mynd y ffordd yr aeth ei dadau, ar ddydd Gŵyl Dewi.'

CYNLLWYN

1 *Cinio yng Nghenhadaeth y Reich.*

Ond Mis Medi oedd hi, ac am y tro, mi ohiriwyd y Gorchymyn Ymddeol. Mi aeth Cymru Newydd yn ei blaen gan golli mwy a mwy ar ei chotwm. Roedd y rhastal yn codi o hyd, a'r gwaith yn mynd yn galetach, a rhyw siarad mawr gwladgarol yn darbwyllo llai a llai. Fu'r un diwrnod arall i'r Wasg. Ond roedd un ymwelydd cyson o Lundain o hyd, sef yr Arglwydd Brackenthorpe. Mi ddôi hwnnw bob mis efo *Gauleiter* von Harden i fwrw golwg dros bob peth. Roedd von Harden yn gwneud yn iawn efo fo. 'Gwych o ddyn! Gŵr bonheddig go iawn. Pan fyddan nhw'n dweud y gallwch chi roi coel ar air Sais, pobol fel hwn sy ganddyn nhw. Ariad drwyddo draw, yr un meddwl â ni, y math o Sais y medar y *Führer* daro bargen â fo.'

Ond gwgu ar y Gweinidog o'r Llywodraeth Gyswllt a wnâi Parry-Morris. Pan fyddai'r ddau yn ciniawa efo'r *Gauleiter* yn Llys Dirprwy'r Reich, eistedd yn ddistaw y byddai fo, a rhyw grechwenu bob tro y byddai Brackenthorpe yn lluchio ei chweips, heb sôn braidd byth am orchestion beirdd Cymru. Roedd hyd yn oed y Llyw ar y meinciau cefn pan fyddai Brackenthorpe wrthi yn ffraeth ac yn goeglyd. Ond un noson, dyna rywbeth annisgwyl yn digwydd. Diwedd eu gwleddast, yr un fath ag arfer, fu madeira gwych y Genhadaeth. 'Er bot ein kyfeillion ni ym Mhortiwgal,' meddai von Harden, 'braiz yn ara' yn kynhesu at ein Hewrop unedig ni, maen nhw'n dal yn fodlon kyflenwi'r Reich gyda'u gwinoez pwdin arzerchog, diolch i Zuw!'

Ac meddai Brackenthorpe: 'Does dim byd fel rhes o danciau Panser ym mhen draw y winllan a roddwyd i rywun i sicrhau bod y cymwynasau'n llifo.'

Roedd clustiau Parry-Morris yn llosgi gormod iddo glywed yr un ystyr hud. 'Efallai na wyddech chi,' meddai, 'ein bod ni yng Nghymru yn yr Oesoedd Canol yn gybyddus â gwinoedd gorau Ewrop. "Lle y mae gwin Ffrainc," meddai ein bardd mwya' ni erioed, Daf-'

Ond dyna Brackenthorpe ar ei draws: 'Yn ôl pob sôn, roedd eich hen feirdd enwog chi i i gyd yn gwybod tipyn go lew am y ddiod gadarn! Beth ydi'r hen gerdd faith honno, Llyw, am griw o Gymry'n meddwi yn chwildrins mewn beudy, ac yna'n mynd i dynnu byddin y Saeson yn eu pennau? Beth ydach chi'n feddwl oedd y sgôr, *Gauleiter*?' Chwerthin mawr.

A dyna daw ar Parry-Morris druan. Ond pan ddaeth y cinio i ben, a phawb yn codi efo'i gilydd, roedd yn dipyn o syndod iddo fod yr Arglwydd Brackenthorpe wedi cymryd ei fraich. 'Dewch, Llyw! Waeth inni heb â bod ym mhennau'n gilydd o hyd. Na waeth, *Gauleiter*? Rydan ni'n dau'n elwach o'r Reich, Llywelyn. Fe ga'i'ch galw yn Llywelyn, caf?'

'Na chewch!' meddai Parry-Morris yn ffwr-bwt. 'Yng Nghymru Newydd 'rydach chi rŵan! Tynnu llaw dros ein pennau ni y byddech chi, Saeson, yn yr hen Gymru, neu ein hanwybyddu ni'n llwyr. Mae hi'n fyd gwan arnon ni o hyd, ond o leia bellach rydan ni'n haeddu cael ein cyfarch gyda'r cwrteisi sy'n ddyledus i hen genedl.'

'Mae'n ddrwg iawn iawn gen i, Llyw. Rydach chi'n llygad eich lle. Dim ond cyfeillion sy'n galw enw bach ar ei gilydd. Fyddwn ni byth yn gyfeillion, efallai. Ond mi fedrwn barchu'n gilydd fel cynghreiriaid gwleidyddol, siawns. Mae'r Llywodraeth Warcheidiol, fel y gwyddoch chi, yn dymuno pob llwyddiant i Gymru Newydd. Dewch am dro bach gyda mi yng ngardd swynol Dirprwy y Reich, cyn inni fynd i'n gwlâu. Wnewch chi ein hesgusodi ni, Schinkel?'

'Gwnaf, wrth gwrs,' meddai'r Dirprwy. A phan oedd y Gweinidog a'r Llyw wedi mynd o'r stafell, dyna'r *Gauleiter* yn troi ato ac yn dweud: 'Dach chi'n gweld, Schinkel? Ond ydw i wedi dweud wrthach chi? Nid lymbar croendew mo'r diplomydd o Sais! Mae Brackenthorpe wrth ymyl Parry-Morris fel y *volkswagen* wrth ymyl Morris Mil, a does ganddo ddim mymryn mwy o ffydd yn nyfodol Cymru Newydd na sydd gennym ni. Ond welsoch chi o efo Parry-Morris? Mor rhyw ddi-hitio, mor *foneddigaidd*! Dyna ichi rywbeth y talai inni i gyd, Schinkel, hyd yn oed y rheini ohonon ni sy'n dringo yn y Blaid, ei efelychu.'

2 *Tro bach yn yr ardd*

Yn yr ardd, yng ngolau'r lleuad, mi gerddodd y Cymro a'r Sais yn hamddenol o amgylch y grynnau blodau godidog. (Un o brif arddwyr gerddi Bodnant gynt oedd yn gofalu am y rhain.) Am sbel, buon nhw'n cerdded mewn distawrwydd, a'r Gweinidog, a'i ddwylo yn ei bocedi, yn ben ac yn sgwyddau uwchlaw'r Llyw. Yna, mi safodd y dyn mawr, a chicio'r baddon adar yn swil â blaen ei droed.

'Llywelyn,' meddai'r Arglwydd Blackenthorpe, mewn Cwmrâg perffeth. 'Er bod pawb yn galw fi yn Edward, Lord Brackenthorpe o Brackenthorpe, Sussex, falle y bydde'n well 'da chi weud Iorwerth.'

Er nad oedd fawr ddim yn synnu Parry-Morris bellach, bu bron iddo neidio o'i groen. 'Tawn i byth o'r fan!' meddai o'r diwedd. 'Cymraeg ydach chi! Be haru chi, ddyn, yn gwneud hwyl am fy mhen i, ac am ben y rhai glew drwy'r oesoedd fu'n glynu wrth yr hen iaith? Oni bai amdanon ni, fasai'r Gymraeg a'i holl ogoniant ddim yn bod heddiw. A fasai Cymru Newydd ddim yn bod chwaith, petai waeth am hynny. Breuddwyd gwrach o beth ydi Cymru Newydd i chi, yndê?'

'Wel, nage ddim!' meddai Brackenthorpe. 'Dyna'n gwmws ôn i'n moin siarad 'da ti obiti, mâs o glyw'r *Gauleiter*, ynte fe? Mae hen air i ga'l, ond oes e, Llywelyn, sy'n gweud bod y gwirionedd yn llinell syth i fod. Ond bod gwirionedd y Cymro â thro bach yndo fe. Wel, mae rhyw dro bach hefyd yn beth wi wedi'i weud wrth y byd. Syr Alexander Cecil Brackenthorpe o Brackenthorpe, Sussex oedd fy nhad. Ond ôdd Mam o deulu llâth yn Nhregaron, ŷch chi'n gweld. Ôdd 'da Mam-gu a Tad-cu ddim llawer i'w weud wrth Sais. Ond cariad yw cariad, ac arian yw arian. Pan ôn i'n grwt, Iorwerth fydden nhw'n galw fi bob amser. O, mae 'Nghwmrâg i'n racs jibidêrs erbyn heddi, ond fe gysges i lawer gwaith slawer dydd a chwedl Llyn y Fan Fach, neu Nant y Mynydd yn fy nghlustie.'

Mi gerddodd Parry-Morris yn ei flaen yn fud. Roedd pob dim o chwith mwya sydyn. Y dyn mawr Brackenthorpe oedd yn ymbil rŵan.

'Ŷch chi yn credu fi, Parry-Morris, ond ŷch chi? Os nag ŷch chi, shgwlwch ar hwn! A dyna dynnu o i waled hen lun wedi melynu, a'i ddangos i Parry-Morris o dan y lleuad. Llun oedd o o ddau blentyn, tua'r wyth neu'r naw oed, wedi eu gosod ochor yn ochor ar soffa, y naill mewn cap stabal a sgarff smotiog, a'r llall â hen het fawr ddu Gymreig am ei phen. 'Ti'n gweld, Llywelyn bach,' meddai wedyn. 'Co ni, chwaer fi, Rose, a fi, yn nhŷ'r *photographers* yn Tregaron, cyn Steddfod y Capel. Wedi gwisgo lan i wneud dawns y glocsen ŷn ni. Ar y whith, y Right Honorable Lord Brackenthorpe. Ar y dde, Lady Paxton-Marshall, gwidw'r diweddar *Privy Seal*. A na'r gwirionedd obiti fi. Sa'i'n Gymro o wâd coch cyfan fel chi, ond yndo' inne hefyd mae gwâd . . . gwâd . . .'

'Gwaed Llywelyn Fawr, a Llywelyn ap Gruffudd, a Glyn Dŵr, a Dafydd ap Gwilym, a Hywel Harris, a Gwynfor Ifans! O! Brackenthorpe, Iorwerth! Maddeuwch imi! Gwinllan a roddwyd! Y gwŷr a aeth Gatraeth! Mi fûm i'n ddall ac yn fyddar!' A dyna roi ei fraich ym mraich y Gweinidog, a'i dywys unwaith eto o amgylch y llwyn rhodadindrom pella'. 'Ond rŵan, a chitha' wedi gollwng y gath ogoneddus o'r cwd, deudwch wrtha i faint o gymorth y medar yr Arglwydd Edward Brackenthorpe ei roi i ni yng Nghymru Newydd?'

A dyna Brackenthorpe mewn chwinciad yn Weinidog o Sais drachefn. 'Fe fedra i wneud mwy nag y byddech chi'n ei feddwl, Parry-Morris. Rydw i'n eich deall chi i'r dim, wyddoch chi. Mae gwaed yn nabod gwaed. Ond fe wn hefyd nad oes gobaith yn y byd ichi ennill y frwydr fach hurt hon, mwy na'r gwŷr aeth i Gatraeth gynt. Mae'n glodwiw o frwydyr, ond nid rhyfel mohoni. Gwrandewch arna i nawr. Rhaid inni beidio â siarad yn rhy hir, neu fe fydd von Harden yn dechrau hel meddyliau. Gwrandewch. Efallai bod modd i mi helpu Cymru Newydd, ac i Gymru Newydd helpu'r byd.'

'Helpu'r byd? Yr argian fawr!'

'Dydi pawb yn y Llywodraeth Gyswllt ddim yn gadach, wyddoch chi. Chwarae pêl efo nhw'r ydan ni, yr un fath â chi. Mae pawb yn chwarae ei ran. Wiw imi ddatgelu gormod, ond dydan ni heb gilio yn gyfangwbwl o'r byd go iawn. Mae 'na bobol yn gweithio droston ni o hyd yn y gwledydd rhydd – yn America, Rwsia, a Chanada. Rydan ni mewn cysylltiad bob hyn a hyn hefyd â Churchill yn Ottawa. Peidiwch â gofyn imi sut rydan ni'n cadw'r llinellau hyn yn agored, ond mi rydan ni.

Rydach chi'n gwybod, wrth reswm, mai prif nod y Prydeinwyr ers dechrau'r rhyfel hwn fu hudo'r Americanwyr i mewn ar ein hochr ni. Gyda'r rheini, roedden ni'n saff o gario'r dydd. Hebddyn nhw, doedd dim llawer o obaith inni. Pan aeth Hitler i ryfel yn erbyn y Rwsiaid, fe fethodd Churchill â darbwyllo'r Americanwyr y gallai cynghrair â grym Comiwnyddol fod yn dderbyniol byth. A dyna ni'n gorfod gwneud ein heddwch ni ein hunain ar wahân, a gadael y Rwsiaid a'r Almaenwyr rhyngddyn a'u potes byth oddi ar hynny. Ydach chi'n deall, Parry-Morris?'

'Yn berffaith, Iorwerth.'

'Ein bwriad ni byth, er gwaetha' pob peth, ydi darbwyllo'r cyhoedd yn America ei bod yn ddyletswydd genedlaethol arnyn nhw gael gwared ar y Reich wrthun 'ma. Agor Ail Ffrynt, fel bod rhaid i'r Almaenwyr ymladd yn y Dwyrain ac yn y Gorllewin ar unwaith. Fe fyddai'r Americanwyr yn ennill y rhyfel inni heb os nag onibai.'

'A Chymru Newydd? Beth fydd cyfran ein gwlad fechan ni yn y rhyfel mawr?'

Bu Brackenthorpe yn ddistaw am eiliad. 'Fe wyddoch chi, Llywelyn, nad oes gan y Natsïaid lawer o gariad at y Cymry? Maen nhw'n dweud i mi fod Hitler ei hun yn eich casáu chi â chas perffaith am ryw reswm.'

'Y diawl diddiolch!' meddai'r Llyw. 'A ninnau wedi rhoi medal iddo fo hefyd!'

'Llygod mawr ydach chi iddo fo, Llyw, fel y sipsi a'r Iddew, a'r gwan ei feddwl. Ac yn hwyr neu'n hwyrach, diwedd llygod mawr gewch chithau'r Cymry, pan fyddwch chi wedi chwythu eich plwc. Oeddech chi'n sylweddoli hynny, Llywelyn? Dywedwch y gwir, oeddech chi'n gwybod hynny ers y cychwyn?'

'Maen nhw wrthi'n paratoi ein cartre' ola' rŵan hyn,' meddai Parry-Morris yn syml.

'Yn union. Ond am y tro'r ydach chi'n werthfawr iawn iddyn nhw fel propaganda. Fel y gwyddoch chi'n iawn, maen nhw wedi darbwyllo'r byd fod Cymru

Newydd, a chi eich hun, yn ernes o Reich Almeinig resymol a gwareiddiedig. Lol botes ydi hynny, wrth gwrs, ond maen nhw wedi dod i ben. Maen nhw'n fastads clyfar, yn enwedig y Goebbels 'na. Felly, rydach chi'n uchel iawn ganddyn nhw, Parry-Morris, er cymaint maen nhw'n ffieiddio'r cwbwl lot ohonoch chi. Yn eu ffordd wyrdroëdig eu hunain, maen nhw'n meddwl y byd ohonoch chi!'

'Yndyn, yndyn... Mae 'na syniad bach wedi taro i 'meddwl i ambell waith, Iorwerth, yn ystod oriau hirion y nos. Dydi fy lety i ddim yn rhyw gynnes iawn, er gwaetha' ymdrechion glew fy staff i hel priciau. Meddwl y bûm i beth petasen ni'n gyrru cenhadon i'r Unol Daleithiau o ganol un un ein cymuned ni, o lygad y ffynnon, i ddatgelu'r gwir am Gymru Newydd... Fuoch chithau'n meddwl yr un modd, tybed?'

'Wel do! Felly'n union! Rydach chi wedi taro'r hoelen ar ei phen. A dyna'r oeddwn i eisiau ei drafod gyda chi. Y peth ydi, os medrwch chi roi i ni genhadon o'r math iawn, fe fedrwn ninnau sicrhau eu bod nhw'n cyrraedd pen eu taith. Ond rydan ni angen y math iawn, Llywelyn. Pobol ifanc hwyliog fyddai'n tynnu serch yr Americanwyr. Dim o'ch hen rwdlwrs hirwyntog – nid fy mod i am ddweud, Llywelyn, eich bod chi . . . yn . . . yn . . .'

'Wel, nag oeddech, siŵr. Fasai'r ffasiwn beth ddim wedi dod i 'meddwl i. Ond, fel mae'n digwydd bod, mae gen i ddau gynrychiolydd felly mewn golwg eisoes.'

'Oes, wir, Llywelyn? Un ar y naw ydach chi! Fe gyrhaeddan nhw ben eu taith, credwch fi. A phan fydd yr Americanwyr yn gwybod y gwirionedd am hyn i gyd, Duw, cyn ichi gael eich difa, efallai y cewch chi eich rhyddid!'

'RHYDDID!' gwaeddodd Parry-Morris a'i ddyrnau bach yn yr awyr, a Brackenthorpe yn ustio fel y diawl. 'Mae'r holl hen frudiau yn dod yn wir! Nid canu ar eu cyfer y bu'r beirdd! Dyma'r pwyth yn ôl yn llawn am bob aberth fu drwy'r oesoedd, ac am bob cam wnaed â'n cenedl fechan ni! A 'd eith eich cymwynas fawr chi, gyfaill annwyl, byth yn ango' gan eich pobol! Bwriwch ymlaen â'r cynllun, Arglwydd Brackenthorpe!' meddai'r Llyw dan sythu. 'Rwyf yn rhoi fy awdurdod ichi.'

4 *Hiwmor y Sais*

Roedd Schinkel a von Harden yn dal ar eu sigârs ola' yn Llys y Dirprwy pan ddaeth Brackenthorpe yn ei ôl. Bu'n rhaid danfon Parry-Morris i'w lety, ac ysgwyd ei law yn dynn, a chanu Nant y Mynydd. 'Wel, Brackenthorpe!' meddai von Harden o'i gadair esmwyth wrth y tân. 'Dyna sgwrs hir gawsoch chi gyda'n Llyw Olaf! Sut aeth hi?'

'Rhowch wisgi imi, Schinkel, neno'r tad! Arglwydd, mae'r dyn yn siarad! Brudiau a thywysogion a chrwth a thelyn! Rhaid wrth amynedd Job – O, maddeuwch imi, *Gauleiter*! Nid Job, wrth reswm. Amynedd Parsifal, efallai? Oedd gan hwnnw amynedd? Pwy oedd Parsifal?'

'O, Brackenthorpe! Chi â'ch tafod ffraeth! Fe a'i i wersyll ar eich kownt chi yn y diwez – oni bai i chi fynd gynta'!'

A chwerthin a chyfeddach a smocio y bu'r tri, nes oedd hi'n amserach iddyn nhw fynd i'w gwlâu. '*Heil Hitler*!' meddai von Harden wrth Schinkel. '*Heil Hitler*!' meddai Schinkel wrth von Harden. 'Nos da, bobol! Awn i'n gwlâu,' meddai Brackenthorpe wrth y ddau. 'Hitiwch befo'r chwain a'r llau!' A dyna floeddio chwerthin eto wrth wahanu.

Dros y ffordd, yng ngolau ei lamp hyricên, roedd Parry-Morris wrthi yn y bore bach yn gwneud englyn.

> Mae 'na angel na welwch – ei wyneb
> Yn iawn yn y t'wllwch . . .

YMYRRYD

1 *Mi aeth dau gennad*

Ddigwyddodd fawr ddim am sbel. Stwna yn ei blaen
wnaeth Cymru Newydd yr un fath â chynt, heblaw bod
pob dim yn amlwg yn mynd ar i lawr. Roedd yr
adeiladau, fu'n ddigon di-raen erioed, yn mynd yn
fwyfwy blêr, ac olwynion y ffatrioedd yn arafu. A'r
bobol eu hunain, a'u dillad bellach yn glytiau i gyd, â'r
wedd lwyd a phiwis honno fydd ar rai na fyddan nhw
byth yn cael eu gwala a'u gweddill. Roedd Llys
Dirprwy'r Reich, a'i gerddi taclus yn sbloet o flodau,
fel petai'n gwneud ati. 'Mae hi'n dechra' dangos,'
meddai Syr Gwilym Adam-Jones, uwchben ei banad
coffi erzats, wrth Miriam ac Angharad. "Y drysi tu
draw i'r rhosod," chwedl y bardd.'

'Pa fardd oedd hwnnw, ta?' meddai Miriam yn
bigog.

'Dwi ddim yn cofio enw'r dyn yn iawn rŵan. Yr hyn
ddywedodd o sy'n bwysig. Ac mae'n cadarnhau yr hyn
y bûm i – y buon ni – yn ei ddweud o'r cychwyn
cynta'. Sef bod y Parry-Morris 'ma, os nad ydi o'n hen
lyffant bach ffals, yn un dwl ar y diawl. Dwi'n dallt
dim ar y dyn. Un diwrnod bydd o'n sefyll yn eu herbyn
nhw. Drannoeth bydd o'n mynd am dro bach o
gwmpas Llys y Dirprwy fraich ym mraich efo'r brych

Brackenthorpe. Ydach chi wedi sylwi hefyd mor amal y bydd o'n mynd am ginio at Schinkel y dyddia' hyn? A hynny yr un pryd â phaldaruo o hyd am Glyn Dŵr a Llywelyn! Cymru Rydd, wir! Cymru ar werth, debycach. Cymru yn hysbyseb i'r Drydedd Reich!

Doedd Miriam ddim yn deall y Llyw chwaith, ac mi ddywedodd hynny mewn iaith dipyn llai cymhedrol. Ond brathu ei thafod wnaeth Angharad, ac ymhen rhyw wythnos neu ddwy, efo'i ffrind hi, Emrys, mi ddiflannodd o Gymru Newydd.

2 *Fiw i neb dwyllo'r Grym Gwarcheidiol*

'Diar annwyl!' meddai'r Llyw, y tu ôl i'w ddesg arlywyddol, wrth ymyl y ddraig fawr ar ei pholyn derw (rhodd gan Gynghrair Gwasg Dramor Llundain, adeg ymweliad y Niwtraliaid), pan glywodd o'r newydd gan ei Brif Glerc, a'i Bennaeth Protocol, a'i Bennaeth Gweinyddiaeth.

'Dipyn o ergyd i chi, Feistr!' Roedd o'n dal i lynu wrth arferion yr hen goleg wrth gyfarch Syr Gwilym. 'Ac ergyd hefyd i Gymru Newydd, wrth reswm. Er, cofiwch chi, mi fydd cariadon yn gwneud petha' gwirion felly. Buan iawn y cân 'nhw hyd iddyn nhw, mae'n siŵr. Ond, er na fynnwn i er y byd dwyllo'r Grym Gwarcheidiol, dwi'n meddwl mai calla' dawo am y tro. Mi a'i fy hun at y Dirprwy Schinkel i dawelu'r dyfroedd.'

'A sut ddiawl y gwnewch chi hynny, y twmffat?' meddai Adam-Jones wrtho'i hun.

'Y Natsïaid yn Rhydychen ydi'r perig. Gochel rhag

y rheini sy raid inni, yn enwedig eich merch chi a'i chariad. Fedrwch chi, Feistr, ymorol na fydd dim helynt pan fyddan nhw'n galw'r enwa' bore fory? Da iawn. Mi ofala' inna' na fydd dim sôn am y peth yn y maniffestos. Yn Uned 4 mae'r hogyn yn gweithio, ia ddim? Mi drefna'i i rywun gymryd ei le. Un peth ydi cariadon ifanc yn gwirioni eu penna', Feistr. Ond rhaid inni beidio ar unrhyw gyfri â rhoi'r achos lleia' i'r Broctectoriaeth ama' ein bod ni'n torri'n hamod â'r Reich. 'Waeth be' wnawn ni, Feistr, rhaid cadw'r ddesgil fuddiol hon yn wastad. 'Does ond eisio ichi edrych o'ch cwmpas i weld fel mae'n hen wlad annwyl yn mynd gam wrth gam yn genedl go iawn! Sbïwch ar y ddraig goch 'ma wrth fy ochr i, Feistr, ar ei pholyn derw. Ernes ydi hi o'n hannibyniaeth. Hen ernes Llywelyn a Glyn Dŵr, wedi ei thraddodi o genhedlaeth i genhedlaeth, o oes i oes, a miloedd o saint a beirdd ein cenedl wedi ei sancteiddio â'u bendith. Y Ddraig Goch ddyry gychwyn! Ein braint fawr ni, Feistr, ydi cael bod yn dystion iddi, a rhoi hwb iddi ar ei hynt. Rhaid gochel, Feistr, rhag ei bradychu hi rŵan. Ydach chi'n fy nallt i, Gwilym?'

Ac felly y trefnwyd pethau.

3 *Twrw o'r barracs*

Syndod i ddinasyddion Cymru Newydd, yr un fath, oedd gweld un bore fod ganddyn nhw warchodwyr newydd. Roedd yr hen lawiau simsan o'r *Wermacht* wedi diflannu o'r baracs y tu draw i ffensus y terfyn. Fin nos ar yr awel dôi twrw fel rhywun yn cicio llond sach o wyddau. Adran Bonny Prince Charlie oedd yn gwarchod y Famwlad bellach. A daeth pawb i arfer yn ddigon handi â'r ciltiau a'r sporrans penglog yr ochor arall i'r weiren. Mi gafodd Parry-Morris wybod mai ar orchymyn y *Führer* ei hun roedd y rhain wedi dod.

'Boed hynny fel y bo, rhaid imi gwyno yn swyddogol,' meddai'r Llyw wrth y Dirprwy. 'Herian 'rydach chi wrth ddod â'r milwyr hyn yma, a'u gosod nhw o fewn golwg i'n dinasyddion annibynnol ni. Mae'n sarhad ar sofraniaeth Cymru Newydd!'

'Dydw i zim yn gwelt hynny o gwbwl, Llyw,' meddai Schinkel yn dirion. 'O fewn tiriogaethau ymherodraeth y Reich, mae gennym ni Almaenwyr hawl ziplomyzol, wleidyzol a moesol i osot ein milwyr ble bynnag y mynnon ni. Kwrteisi ar ein rhan ni ydi ein bot ni wedi kyfyngu'r milwyr tra disgybledig hyn i dir y tu allan i ffiniau Kymru Newyz. A phrun bynnag, Parry-Morris, onit ydi hi'n wir bot y gwroniait hyn o'r Alban yn gyt-Geltiait i chi? Dyna'r syniat bach rhamantus oez ym mezwl y *Führer*, yn siŵr i chi, wrth beri izyn nhw zot yma.'

4 *Beth oedd hanes Angharad ac Emrys?*

Chafodd neb wybod dim o hanes Angharad ac Emrys am wythnosau. Yn sgil sefydlu Cymru Newydd, bu glanhau ethnig trylwyr iawn yng Nghymru Goll, fel yr oedd Parry-Morris yn galw'r wlad y tu draw i'r terfyn. Roedd honno'n wag ac yn anghyfannedd. Roedd y rhan fwya' o'r trefi marchnad wedi cael eu chwalu'n fwriadol. Pobol ddŵad oedd yn y dinasoedd diwydiannol a'r porthladdoedd, wedi landio o'u gwirfodd, neu eu hanfodd, o Latfia, yr Iwcrên, Tsiecoslofacia, a Gwlad y Basg. Roedd ambell i Sais hefyd, a chriwiau cyfan wedi dod o'r Almaen yn rheolwyr pyllau glo a gweithfeydd dur, ac yn harbwrfeistri. Roedd 'na chwedlau am rai ar herw o hyd yn y niwl. Ond hyd y gwyddai neb, doedd 'na'r un Cymro ar ôl i gadw cysylltiad â Chymru Newydd. Nid Cymru mo Gymru goll. A diolch i bolisi bwriadol y Reich, oedd yn credu mewn rhyw unedau bychain gwleidyddol hawdd eu trin, doedd hi ddim hyd yn oed yn Brydeinig. 'Does dim gŵyr bonheddig yng Nghymru,' meddai von Harden wrth ei weinyddion. 'Gnewch fel y mynnoch chi â'r twll lle. A hitiwch befo'r Cymry. Rydan ni wedi ymorol am y rheini eisoes.'

Ond yr eildro ar ei ymweliad misol, dyna Brackenthorpe yn mynd â Parry-Morris o'r naill du.

'Wel, Llyw? Beth yw hyn mae'r frân wen yn weud? Maen nhw'n sôn tua Llunden bod rhai o'ch pobol chi wedi ca'l llond bola ar groeso Cymru Newydd, ac wedi jengyd i'r byd mawr!'

'Os oes rhai o'n dinasyddion wedi dewis ein gadael,' meddai Parry-Morris, 'rhyngddyn nhw a'u petha'. Tydw i'n gwybod dim am y peth.'

'Wel, wrth gwrs hynny! Call iawn. Ond rhaid ifi warno chi, Llywelyn; fe fydd von Harden yn ca'l gwbod maes o law. A phan gaiff e wybod, bydd yn rhaid ichi ofalu ei fod e'n credu taw rhyw antur fach bersonol yw hi.'

'Rhag iddo ddechra' ama' mai gwleidyddiaeth neu wladgarwch yn hytrach na chariad fu'n cymell y bobol ifanc 'ma, ie? Neu bod y Llywodraeth Gyswllt â rhyw led amcan o'u cynllunia'?'

'Ar ei ben. Yn gwmws. Ŷch chi'n gwybod cystal â fi faint sy'n dibynnu ar yr . . . yr antur yma. Wi'n credu bod y ddou hyn yn cario dyfodol Ewrop gyda nhw. Dyfodol y byd falle. A wi'n credu taw i Gymru fach bydd y diolch yn y diwedd am achub dynol-ryw!'

'Argian fawr, Iorwerth! Dach chi'n dechrau swnio'r un fath â fi!'

'Odw i? Weithie bydd y Cymro yndo' i'n 'ca'l y llaw ucha'! Ond mae Cymro arall i ga'l yn Stryd Downing, chi'n gwbod. Mae'r Prifweinidog ei hun yn gweud nawr bod 'da fe gysylltiad â Llandudno. Mae'n fe'n mynd obiti o hyd yn gweud hen ddihareb glywodd e gyda hen fenyw fach Gwmrâg. Rhywbeth am gathod a rhent. Falle eich bod chi'n gwbod hi?'

'Llefrith i'r gath, rhent i'r landlord!'

'Honna yw hi, wi'n credu. Ta beth, mae'r hen foi wedi cymryd yn ofnadw atoch chi – aton ni. Ôdd hen fenyw y cathod yn help mawr inni ga'l y cariadon mâs.'

'Dach chi wedi eu cael nhw mâs – allan? Sut?'

'Twt twt, Llyw! Rhaid inni gadw rhai cyfrinache. Ond fe weda'i hyn wrthoch chi: mae'r Prif Weinidog yn *Honorary Colonel* yn Adran Bonny Prince Charlie. Hitler ei hun wnaeth ei apointio e, cofiwch. Be odd ar ei ben e, sa'i'n gwbod! Ŷch chi wedi cwrdd â Mejor Frazer-Mackintosh dros y weiren acw? Naddo? Wel, dyna fe! A pheidiwch â becso dim am eich ffrindie ifanc. Maen nhw ar eu ffordd yn jogel. Fe gewch chi weld!'

108

Ac yn wir, ymhen chydig o ddiwrnodiau dyna von Harden yn landio ym Machynlleth, i godi mater y ddeuddyn dihangol efo Parry-Morris. Doedd y newyddion ddim yn peri llawer o bryder iddo fo. Roedd o'n sicr y bydden nhw'n cael eu dal mewn dim o dro. A phrun bynnag, mi wyddai bod y llen am ddod i lawr cyn bo hir iawn ar ddrama Cymru Newydd. Eto, roedd ymgreinio mawr y Llyw wrth ei fodd.

'Mae hi'n gywilydd ac yn warth, *Gauleiter*! Dydw i'n dweud dim llai. Fel y dywed yr hen air: "corn y maharen yn maeddu'r cnu." Mae'n sen ar bob dim rydan ni wedi ceisio'i gyflawni yng Nghymru Newydd, ac ar bob dim mae'r Grym Gwarcheidiol wedi'i gyflawni ar ein rhan ni.'

'Na phoenwch, Llyw. Mae gennym ni zihareb yn Almaeneg hefyt: "ym mhob kilo o afalau byz un ellygen bwdwr." Pan gaiff y *Führer* wybot am yr anffawt fechan hon, rydw i'n sicr y byz ef yn sylwezoli na fu dim diffyg ewyllys da nac esgeulustot ar eich rhan chi. Rydw i'n sicr hefyt na fyddwn ni fawr o dro yn kael hyt i'r dihirot, ac y kân' nhw eu haeziant. Mae Mejor Frazer-Mackintosh wedi fy sicrhau bot Adran Bonnie Prince Charlie yn kadw golwg ar bob llwyn a llannerch. Ac os byz y ffyliait yn mentro dros y ffin i Loegr, fyz ganddyn nhw zim gobaith hufen iâ yn uffern, fel y byzai'r Arglwyz Brackenthorpe yn dweut! Trosiat lliwgar ac azas, yntê, Llyw? A nodweziadol iawn o zawn dweut bonhezwr o Sais.'

Ddywedodd Parry-Morris ddim. Dim ond gwenu ei wên fach annelwig.

Doedd dim gohirio i fod ar orchymyn y *Führer*, ac mi
aeth y *Reich-Kontrolle* ati'n fwy diwyd i gwblhau'r
Cartre Anrhydedd. Rhyw gytiau duon hyll oedd
hwnnw, yn swatio'n rhesi unionsyth mewn dyffryn cul
ym mherfeddion Eryri. 'Doedd 'na neb bellach yn byw
yn y cyffiniau. Roedd Llanberis yn wag, a'r chwareli'n
ddistaw. Roedd cledrau trên bach y Wyddfa wedi cael
eu codi a'u toddi i wneud arfau. Drws nesa' i'r
gwersyll roedd baracs yr SS-Kommando, fyddai'n
rhedeg y sioe pan ddôi'r amser. Roedd 'na weiren
drydan uchel o amgylch y lle i gyd, a thyrau gwylio.
Ond roedd rhyw olwg go fregus ar adeiladau'r
gwersyll. Nid er mwyn para y codwyd nhw. Y pethau
mwya' cadarn oedd y siambrau nwy ychydig bellter
oddi wrth y cytiau, yn hen fynwent eglwys Llanberis
gynt.

Doedd o ddim yn rhyw fawr iawn o'i gymharu â
gwersylloedd eraill roedd rhai o'r dynion SS wedi eu
gweld. 'Hotel un seren,' meddai'r rheini dan chwerthin.
Ond wedyn dyna ergyd i'w hunan-barch nhw un
diwrnod o Hydre', a huddyg annifyr ym mhotas y
Reich-Kontrolle, a newyddion anghynnes i'r *Gauleiter*
von Harden, a datguddiad o beth i Lyw Cymru
Newydd, oedd chwech o awyrennau Mig y llynges
Sofietaidd yn sgrechian dod drwy fwlch Llanberis i
fomio'r Cartre Anrhydedd yn gyrbibion.

Yn Stryd Downing, roedd yr Arglwydd
Brackenthorpe bortyn ym mhortyn â'r hen gleiriach.
'Llaeth i'r cathod! Rhent i'r landlord!' meddai'r ddau.

DATGUDDIAD

1 *Cymryd mai lemonêd oedd o*

Dirgelwch i bawb oedd sut yn union roedd Angharad
ac Emrys wedi dengid o Gymru Newydd. Doedden
nhw eu hunain fawr callach. Ond un noson ddileuad o
dan glogwyni Llŷn, roedd 'na hen gwch pysgota fel
ysbryd draw ar y llanw, a chwch rhwyfo yn y
creigiau'n disgwyl, a dyn bach, â choler ei gôt oel ddu
i fyny am ei glustiau, yn sibrwd nad oedd amser i
egluro sut, ac wedyn breichiau cryfion yn eu codi nhw
i ganol cewyll a rhwydi, a'r dyn bach ar y dŵr yn
dweud cyn troi'n ei ôl: 'Ond os bydd rhywun yn gofyn
pwy, dywedwch Gwir Blant Owain!' A dyna hel y
cariadon yn bendramwnwgl drwy labrinth o lwybrau
dirgel ar draws Ewrop, nes cyrraedd yn Rwsia a'u
pennau nhw'n troi. A'u trosglwyddo nhw i ddwylo staff
y Genhadaeth Filwrol Brydeinig ym Mosgo, oedd yn
dal wrthi ar ôl yr holl flynyddoedd yn alltudion. A bore
trannoeth nesa'n y byd, dyna'r ddau o flaen Marshal
Vladimir Zuvotsky, congrinero Novograd.

Ac er ei bod hi'n fore, roedd Zuvotsky yn chwil.
Roedd o wrth ei fodd â'r ymwelwyr 'ma o wlad na
chlywsai erioed sôn amdani cynt. Mi eglurodd iddyn
nhw arwyddocâd ei fyrdd medalau fesul un. Mi
soniodd lawer wrthyn nhw am Frwydyr Novograd. Mi

ddywedodd ar ei lw y gwnâi ei adran *rrrywbeth* i hybu achos sanctaidd Cymru. Doedd y Cartre' Anrhydedd fawr o syndod iddo, rywsut. Roedd o wedi clywed am lefydd felly, meddai. Ond mi roes ei air y câi o wared ar y lle rhag blaen. '*Rrrywbeth* i chi, ffrrrindiau annwyl!' meddai, gan dollti chwaneg o fodca. 'Ond ust! Dim gair wrth y Cymrawd Stalin. Dim bw na dim be. Ein cyfrrrinach fach ni fydd hi.'

A dyna Zuvotsky'n cynnig llwncdestun i'r Fam Rwsia, ac un i Gymru Newydd, ac un arall i'r Fam Rwsia, ac Angharad ac Emrys yn eilio'n frwd bob gafael. Roedd eu pennau nhw'n dal i droi wedi'r daith, ac roedden nhw heb flasu fodca yn eu byw erioed. Roedden nhw'n cymryd mai rhyw lemonêd o Rwsia oedd o.

2 *Gwybodaeth i'w lledaenu!*

Draw draw yn Washington, doedd neb wedi clywed eto am Emrys ac Angharad. Ond roedd yr Almaenwyr wedi gwneud job reit drylwyr o roi chwedl Cymru Newydd ar led. Roedd hi'n fain ers blynyddoedd ar y Gwasanaeth Gwybodaeth Prydeinig Alltud yn yr Unol Daleithiau. Roedd y coffrau bron yn weigion, a doedd fawr ddim gwybodaeth i'w rhoi i'r Americanwyr. Ond roedden nhw wedi dygnu ymlaen yn wrol, gan gyhoeddi pamffledi dirifedi ('*Tally-ho!* Dulliau Hela Llwynogod yn Lloegr,' ac 'Eich Mawrhydi! Teulu Brenhinol y Brydain Fodern'). Roedden nhw'n plagio golygwyr papurau newyddion yn ddi-baid, ac yn gyrru eu darlithwyr prin ac oedrannus o arfordir i arfordir i bledio achos Prydain. Eu hunig dasg nhw yn iawn oedd hudo America i'r rhyfel, ac nid tasg hawdd mohoni.

Yn llaw'r Reich roedd y cardiau i gyd. Roedd Llysgenhadaeth yr Almaenwyr yn Washington yn balas o le mawr cysurus, ac roedd 'na doreth o glybiau Almeinig, a thomennydd o arian ar gael. Mi ofalai Dr Goebbels fod llu o bobol liwgar a difyr yn croesi Môr Iwerydd yn ddibaid, yn sgwenwyr ac artistiaid a mabolgampwyr ac ysgolheigion, i guro drwm Ewrop Newydd fuddugoliaethus yr Almaenwyr. Pan fyddai ganddyn nhw stori i'w dweud fel hanes dyrchafol Mamwlad y Cymry, mi âi honno ar gyrn a phibau i bob man. Fedrai'r Prydeinwyr druain ddim cystadlu. Ond wedyn un diwrnod o Hydre', mi gawson nhw ryw achlust nad oedd Cymru Newydd yn union fel y bu pawb yn tybio. Nad oedd hi'n esiampl wych o oddefgarwch yr Almaenwyr, fel yr oedden nhw hyd yn oed yn hanner credu erbyn hyn. Nad oedd hi'n ddim ond celwydd rhad.

Gwybodaeth i'w lledaenu o'r diwedd! Doedd 'na neb adeg hynny yn rhoi llawer o goel ar diwn gron y Prydeinwyr yn cwyno am y sefyllfa yn yr Ewrop oresgynedig. 'Collwrs yn siarad!' meddai'r newyddiadurwyr. Ond mi ddaeth y suon am Gymru Newydd i'r fei gynta' yn adroddiadau newyddiadurwyr o Americanwyr oedd wedi bod yno eu hunain ar ymweliad mawr y niwtraliaid. Roedd y rheini wedi dechrau amau, wrth gofio yn ôl, fod 'na rywbeth heb fod yn iawn. Dim byd pendant, dim byd i'w weiddi o bennau'r tai, ond rhyw 'oglau amheus', chwedl Ed Murrow ar y radio.

Bu'r cyhoedd yn ara' yn ymateb i gychwyn. Rhyw gilcyn bach o ddaear oedd Cymru, rywsut, ar fap yr

Ewrop newydd. Ond roedd 'na gymuned gre' o Gymry alltud yn yr Unol Daleithiau, ac mi gydiodd eu papur newydd bywiog nhw, *Ninnau*, yn awchus yn y suon, wrth reswm. Mi fynnodd y golygydd gael mwy o wybodaeth, a galw ar i Lysgennad America wneud mwy o ymholiadau yng Ngermania. Fesul un ar draws America, mi gododd y colofnwyr y stori. Mi aeth yn bwnc trafod ar raglenni ffonio ar y radio. Mi gyhoeddodd *Daily News* Efrog Newydd erthygl nodwedd fawr o dan y pennawd BETH SYDD WEDI DIGWYDD I GYMRU GO IAWN? Bu cyflwynwyr teledu yn trafod oblygiadau'r suon 'mewn dyfnder' (h.y. hyd syrffed). Mi ddatgelodd newyddiadurwyr tramor, fu'n canmol Cymru Newydd i'r cymylau flwyddyn neu ddwy ynghynt, eu bod nhw'n rhannu amheuon Ed o'r cychwyn.

3 *Anfanteision addysg Harvard*

Ac wedyn, dyna'r Gwasanaeth Gwybodaeth Sofietaidd yn cyhoeddi:

> *Ddydd Iau diwethaf, ar orchymyn personol Marshal Stalin, bomiwyd y gwersyll lladd Natsïaidd, a elwir yn 'Gymru Newydd', ar arfordir gorllewinol Lloegr, gan awyrennau oddi ar y llong awyrennau newydd Sofietaidd, Josef Stalin. Dinistriwyd y gwersyll yn llwyr, ond diolch i'n hawyrenwyr ymroddedig, a'i hoffer technegol modern, nid anafwyd neb o'r carcharorion, a dychwelodd pob un o'r awyrennau'n ddiogel. Yn ôl adroddiadau, lladdwyd llawer o warchodwyr Ffasgaidd.*

Yn sgil misoedd lawer o ohebiaeth ddiflas o'r Ffrynt Dwyreiniol, mi gododd y cyhoeddiad rhyfedd hwn dipyn o helynt. Gwersyll lladd? Gorchymyn personol Stalin? Carcharorion? Beth oedd ystyr pethau felly? Yng nghynhadledd wythnosol yr Arlywydd i'r Wasg, bu holi mawr, ac ateb bach.

'Mr Arlywydd, ydach chi'n gwybod rhywbeth am gyrch awyr y Sofietiaid ar y 'Famwlad Gymreig' yn Lloegr, ac am ei oblygiadau?'

'Does gen i ddim gwybodaeth hyd yn hyn ynghylch gwirionedd yr adroddiad sydd wedi dod i law. Rydw i wedi gofyn i'n Llysgenhadon ym Mosgo, Germania a Llundain wneud ymholiadau pellach.'

'Ydi'n diplomyddion ni wedi cael gweld y lle 'ma drostyn' eu hunain? Ac os naddo, Syr, pam?'

'Do, Mrs Holman. Rydw i'n credu bod ein diplomyddion wedi cael y cyfle i ymweld â'r datblygiad, ond does gen i ddim gwybodaeth bellach.'

'Fedrwch chi ddweud wrthan ni, Mr Arlywydd, sut mae dweud enw'r lle?' Chwerthin mawr.

'Gwaetha'r modd, Mr Alsop, dim ond manteision cyfyngedig addysg Harvard ges i gan fy rhieni unllygeidiog!'

4 *Sêr!*

Ac yna un bore, dyna Angharad a'i Hemrys hi yn landio â'u gwynt yn eu dwrn!

Mi gyrhaeddon nhw faes awyr milwrol Washington ar un o'r jets Tupolev newydd. Ac mi aeth honno yn ei hôl yn union deg i Rwsia, am resymau diogelwch. A dyna fynd â'r ddau ar wib i Lysgenhadaeth Prydain. 'Roedden ni'n eich disgwyl chi,' meddai'r Llysgennad Alltud yn wên deg i gyd. 'Gofynnodd Marsial Stalin ei hun inni ofalu amdanoch chi. Mae'n rhaid eich bod chi'n bobol ifanc bwysig ar y naw!'

Cyflwynwyd nhw drannoeth i'r Wasg gan y Gwasanaeth Gwybodaeth Prydeinig, oedd wedi cynhyrfu'n lân. 'Stori fawr! Andros o stori fawr, wir yr!' medden nhw wrth y newyddiadurwyr. 'Stori fawr o faw!' meddai hen hacsyn rhychiog wrth un arall. 'Dwi'n nabod y llyffantod Saeson 'ma . . .' Ond stori fawr oedd hi hefyd, ac roedd Angharad ac Emrys yn benawdau ym mhob man. Dyma beth oedd propaganda! Roedden nhw'n ifanc ac yn landeg. Roedd 'na ryw olwg welw a diniwed arnyn nhw. Roedden nhw'n amlwg yn caru. Roedden nhw'n sôn yn llawn angerdd trist am eu gwlad, ac yn dweud y cwbwl wydden nhw am sut yr oedd hi ar Gymru Newydd.

'Celwydd ydi o i gyd, felly?'

'Twyll, ie. Llwch yn y llygaid!'

'A beth am y Parry-Morris 'ma? Ffalsio i'r Natsïaid mae hwnnw?'

'Nage'n tad! Gwladgarwr ydi Parry-Morris! Cymro mawr yn gwneud ei orau dros ei bobol.'

Er eu bod yn ifanc ac yn ddiniwed, wnaethon nhw'r un cam gwag.

'Miss Adam-Jones, beth ydi safle'r ferch yng Nghymru Newydd?'

'Rydan ni'n sefyll ysgwydd yn ysgwydd â'n dynion. Cymry ydan ni i gyd.'

'Beth maen nhw'n feddwl o America yng Nghymru y dyddiau yma?'

'Eich gwlad fawr chi ydi eu hunig obaith nhw am ryddid, y siawns ola' y bydd y gwirionedd yn cario'r dydd. O'ch herwydd chi, mae lle i obeithio am hapusach dyfodol i Gymru Newydd, ac i Ewrop, ac i bawb yn y byd sydd o dan orthrwm, lle bynnag byth y bo.'

'Mi ddylen ni fynd i ryfel â'r Almaen? Dyna'r ydach chi'n ei ddweud?'

'Bydd ein Llyw, Dr Parry-Morris, yn adrodd hen ddihareb Gymraeg wrth ateb cwestiynau felly: "Defaid sy'n holi; y tarw sy'n ateb."'

5 *Wel dyna stŵr!*

Wel dyna stŵr gododd y ddau! Ar draws America, wythnos ar ôl wythnos, mi gododd llanw mawr cyhoeddus o blaid ymyrryd yn Ewrop. Y Cymry yn America, wrth gwrs, oedd ucha' eu cloch, ond mi ddaeth y gymuned Iddewig atyn nhw hefyd, a Ffrancwyr ac Eidalwyr alltud, a gwrthwynebwyr o Almaenwyr. Bu edliw o bob tu ar y Llywodraeth am fod mor ddiniwed a digythraul. Bu holi am hanes go iawn Iddewon Ewrop. Ac am y Slafiaid a'r sipswn. Oedd 'na goel ar ddim roedd y Natsïaid yn ei ddweud? Sefydlwyd Cronfeydd Cymorth i Gymru gan yr elusenau mawr, a gyrrwyd parseli bwyd i Gymru Newydd drwy'r Groes Goch. Roedd Angharad ac Emrys yn enwau cyfarwydd ym mhob cegin, yn Esyllt ac yn Drystan newydd. Gwelwyd nhw ar lwyfannau cyhoeddus ar draws y wlad, ac roedden nhw ar y teledu rownd y rîl, yn syllu i fyw llygaid ei gilydd, ac yn ymbil am ymyrraeth yn Ewrop. Ac am Parry-Morris, roedd hwnnw bellach bron â bod yn sant. Gandhi Cymru oedd enw'r Wasg boblogaidd arno fo. Mi chwalodd y berthynas â Llywodraeth yr Almaen yn deilchion. A dyna'r ddwy ochor yn galw eu Llysgenhadon adre, a'r newyddiadurwyr Americanaidd yn gadael Ewrop y Reich, a sêr ola'r UFA, a'r mabolgampwyr Olympaidd ysblennydd, yn ei g'leuo hi yn eu holau i'r Vaterland. Roedd rhyfel i'w weld yn anochel.

6 *Y gath yng nghanol y colomennod*

Ym Mosgo, mi aeth Capten Arseniev a Liwtenant Rudinsky ar y teledu i esbonio'u cyrch bomio.

'Cyrch perig iawn oedd o,' meddai'r Capten, 'ond rhaid oedd mynd er mwyn ein cymrodyr gorthrymedig yng Nghymru, ac er gogoniant y Famwlad Fawr Sofietaidd. Wrth lwc, mi gawson ni gyfarwyddyd campus gan ein uwchswyddogion, a'r offer gorau un un o waith Sofietaidd. Pleser mawr oedd dod i ben â'n tasg.'

Ac yng Nghymru, mi wenodd Parry-Morris ar von Harden, ar ymweliad eto fyth o Rydychen.

'Yn awr, 'te, Llyw,' meddai'r *Gauleiter*. 'Mae'r gath, yn ôl pob golwg, yng nghanol y kolomennot. Perthynas hapus fu rhyngom ni hyt yn hyn, onit e?'

'Wel, ie, siŵr iawn. Perthynas hapus a buddiol.'

'Ond daeth yn amser inni beidio â hel twmpathau. Mae'n debyg bot yr hyn sy'n digwyz yn America yn peri kryn bryder i'r *Führer*. Dywedwch i mi, Parry-

Morris, beth rydach chi'n ei awgrymu y gallwn ni ei wneut i gael pethau'n ôl i drefn, ac i gyfyngu'r perig mae ymzygiat anghyfrifol y zau ffoadur 'ma wedi'i achosi?'

Mi aeth gwên y Llyw yn fwy annelwig byth. 'Mae 'na hen ddihareb Gymraeg,' meddai. 'Defaid sy'n holi; y tarw sy'n ateb.' 'Dach chi wedi'i chlywed hi o'r blaen, debyg.'

A HEUO'R GWYNT . . .

1 *Gwybod ym mêr ei esgyrn*

Arestiwyd Parry-Morris, ond nid o ddifri. 'Saethwch o!'
oedd gorchymyn Hitler i Himmler. 'Tynnwch o'n bedwar
aelod a phen! Mi wyddwn i'n iawn pan ddaeth o yma ei fod o'n
damaid o faw ôl-feiblaidd! Roedd o'n debyg i'r mochyn arall
hwnnw o Gymro. Be oedd ei enw o eto, Goebbels? ie, Lloyd
George. Hwnnw! Hen lwynog diegwyddor maleisus oedd hwnnw
hefyd! Mi fydda'i'n teimlo'r pethau 'ma ym mêr fy esgyrn,
Himmler. Fydda'i byth yn methu. Mi wyddwn i fod Parry-
Morris yn gachwr o'r munud y gwelais i o. Yr holl rwtsh 'na
am feirdd a derwyddon! Y siafflyn peth 'na rôth o am fy ngwddw
i! Saethwch o rŵan, Himmler. A chewch wared ar ei holl
genfaint o *untermenschen* Cymreig! Mi wyddwn i'n iawn o'r
cychwyn mai Bolshis oedden nhw i gyd. Ail gynheuwch y poptai
'na, ac i mewn â nhw ar eu pennau! Mawrth y cynta'! Nwywch
nhw i gyd erbyn Mawrth y cynta'!'

   Ond roedd hi'n rhy hwyr, ac roedd pawb heblaw'r
Führer yn gweld hynny. 'BLE MAE PARRY-
MORRIS?' oedd sgrech y penawdau yn America
bellach. Ac roedd hyd yn oed y *Gauleiter* yn dechrau
troi ei gath yn y badell. Ar ôl rhoi'r gorchymyn i
saethu'r Llyw, mi adawodd o'r mater yn nwylo
Dirprwy'r Reich. A'r cwbwl ddaeth i ran y Llyw oedd
ei gyfyngu i Lys y Dirprwy, yn ddigon cyffyrddus ei

fyd. 'Swatiwch chi,' meddai Schinkel, 'yr hen lwynog! Fe gawn welt beth zaw.'

Swatio wnaeth pawb, a dweud y gwir, a gwylio hynt y gwynt. Roedd Cymru Newydd yn fwy o ynys nag erioed, nid yn unig oddi wrth weddill Cymru, ond oddi wrth weddill Prydain. Â Parry-Morris yn garcharor, a Meistr Coleg yr Iesu wedi cymryd ei le yn Llyw Dros Dro digon di-glem, a'r boblogaeth i gyd ar ei chythlwng, mi fasech chi'n disgwyl i'r Cymry fod yn wangalon iawn. I'r gwrthwyneb roedd hi. Fel hyn ac fel arall, yn amal drwy'r weiren gan Albanwyr Bonny Prince Charlie, mi glywson nhw'r newyddion. A chyn hir, mi wyddai pawb fod Angharad ac Emrys wedi cyrraedd Washington yn ddiogel, a bod cyhoedd yr Unol Daleithiau yn galw am ryfel i ryddhau Ewrop gyfa', a Chymru'n enwedig. A dyna ryw ysbryd newydd o obaith yn codi yng nghytiau a bythynnod Cymru Newydd.

Roedd y band-feistr, er enghraifft, a fyntau erbyn hyn bron â methu codi ei ffon, yn fawr ei hwyl. 'Lle byddo Cymro, bydd cân!' gwaeddai. 'Fel y basai'n Llyw annwyl ni yn dweud, bendith arno fo!' Ac roedd hyd yn oed Syr Gwilym yn honni bellach ei fod o'n disgwyl y peth o'r cychwyn. Bu'n rhan o'r cynllun erioed, meddai.

2 *Twt lol, meddai Miriam, ond . . .*

'Twt lol!' meddai Miriam. Ond, lol neu beidio, cyn pen dim roedd yr Americanwyr wrthi'n iro olwynion eu peiriant rhyfel anferthol. Bu lluoedd yr Unol Daleithiau ar alw ers blynyddoedd, byth ers i'r Natsïaid gwblhau goresgyniad Ewrop. A rŵan, roedden nhw'n barod i gychwyn ar unwaith. 'Mae'n rhaid eich bod chi'n gwybod erioed,' meddai'r carcharor o Lyw wrth ei geidwad dros frecwast yn Llys y Dirprwy, 'y byddai esiampl fechan y Cymry yn ysbrydoli'r Weriniaeth Fawr i ymyrryd ar ein rhan, ac ar ran pob cenedl orthrymedig arall yn Ewrop! Efallai nad ydach chi'n sylweddoli, Schinkel, ac efallai y bydd yn syndod ichi gael gwybod, cymaint fu'n dylanwad ni y Cymry ar hynt a helynt America drwy'r cenedlaethau. Cymry, er enghraifft, oedd dros hanner cant o'r rheini roes eu llofnod ar y Datganiad Annibyniaeth. Oeddech chi'n gwybod hynny?'

'Does dim byt yr ydach chi'n ei zweut yn fy synnu i, ont dros hanner kant? Roezwn i ar zeall nat oez ont hanner cant a chwech wedi llofnodi i gyt.'

'Dydi'r union nifer ddim o bwys. Roedd dau o'r tri Arlywydd cynta' yn bendant yn Gymry. Ac mae tystiolaeth gre' bellach fod gwaed Cymreig yng ngwythiennau George Washington. Roedd Lincoln, fel y gŵyr pawb, yn ddisgynnydd i Rhodri Mawr, brenin Gwynedd. Mae rhai ysgolheigion o'r farn mai llygraid ydi'r enw Lincoln o 'Llyn Cylion' – cyfeiriad, efallai, at y pla dreigiau bychain a gododd o Gwm Berwyn pan aeth hwnnw o dan y dŵr, ac a hedodd dan ganu i lys Arawn i Annwn. Rydach chi'n cofio'r chwedl, Schinkel?'

'Zim yn fanwl, Llyw.'

'Ta waeth. Fel roeddwn i'n dweud: a rhaffau hanes ac ach yn ein clymu mor dynn, roedd hi'n anochel y byddai'r Americanwyr yn codi ymhen hir a hwyr o'n plaid! Mae'n siŵr gen i eu bod nhw wrthi'n ymfyddino rŵan hyn.'

'Gwell izyn nhw ei siapio hi, felly. Fe zerbyniais gadarnhat y bore 'ma o Germania o'r gorchymyn dienyzio. Byz Krwner y Reich yn kyrraez o Ferlin yn y dyziau nesa i baratôi cwest ichi.'

'Deled y dyn! *Ut Omnes Veniant*. Deled nhw i gyd! Dydi o ddim gwahaniaeth gen i prun a fydda'i'n fyw ynteu'n farw pan geith ein gwlad annwyl ni ei rhyddid o'r diwedd! A deallwch chi: mi fydd fy ysbryd i ymhlith beirdd a chantorion ac enwogion Cymru am byth! Rydach chi'n cofio, siawns, Schinkel, ein sgwrs ni ers talwm ynghylch y berthynas symbolaidd sydd rhwng y gorffennol a'r presennol yn nhraddodiadau ein pobl?'

'Ydw, ydw, siŵr,' meddai Schinkel yn glwyddog. 'Be 'wnawn ni â chi, Llyw? Does dim taw ar eich rhamantu! Does dim rhyfez bot y *Führer* wedi kymryt atoch chi!

3 *Myfi ydyw*

Mi ddigwyddodd yn ddisymwth iawn. Ar ôl blynyddoedd maith o ryfel, a gwasgu mawr ar ysbryd ac adnoddau'r Almaenwyr ar ffrynt Rwsia, fu fawr o ymdrech i wrthsefyll ymosodiad gan elyn newydd 3,500 o filltiroedd i ffwrdd dros Fôr Iwerydd. Roedd Hitler wedi gwahardd paratoadau amddiffynnol p'run bynnag.

'Y pwdrod Iddewon 'na!' meddai wrth ei gadfridogion. 'Wnân nhw byth adael eu hwrod a'u wisgis ar Wall Street i ymladd â ni! Eu hanwybyddu nhw wnawn ni, iddyn nhw gael gweld cymaint ein dirmyg!' Er i'r Americanwyr dorri cysylltiadau diplomyddol â fo; er i'r Arlywydd gyhoeddi rhyfel mewn anerchiad dwys un hanner nos o Chwefror; er i benaethiaid ei wasanaeth ysbïo ei rybuddio dro ar ôl tro bod yr Americanwyr yn hwylio i ymosod, doedd dim troi ar y *Führer*. 'Mi gân' nhw rechian a rhochian faint fud funnon' nhw. Maen nhw'n ormod o gachwrs i ddod yma byth. Anwybyddwch nhw.'

Ac un bore bach o Chwefror, dyna adran gyfa' o filwyr awyr yr Unol Daleithiau yn disgyn o'r awyrennau Boeing newydd hedfan-yn-bell fel colomennod gwynion ar Gymru Newydd. Y peth cynta' wyddai'r Cymry am y peth oedd twrw sgarmes ar hyd y weiren derfyn. Mi ollyngodd y Bonny Prince Charlies eu harfau'n reit sydyn yn wyneb y fath niferoedd. Toc wedi'r wawr y bore hwnnw, gwelwyd milwyr Americanaidd ym Machynlleth ei hun, yn mynd yn eu cwrcwd o gwt i gwt am Lys Dirprwy'r Reich.

Yng nghanol y clustogau yn y stafell dderbyn fawr, a phortread o'r *Führer* dros y pentan, doedd y Llyw a'r Dirprwy ddim yn cymryd arnyn' eu bod nhw'n clywed y twrw; y lleisiau'n gweiddi, y traed yn rhedeg, y gynnau'n igian, a'r cwbwl yn dod yn nes ac yn nes, nes eu bod nhw'n diasbedain hyd y coridorau ac i fyny grisiau'r adeilad.

'Nid Crwner y Reich, rydw i'n amau rywsut, Schinkel,' meddai Parry-Morris.

'Nage, beryg,' meddai Schinkel. 'Llongyfarchiadau!'

A dyna'r drws yn bostio agor, a dau grymffast mawr o filwr awyr i mewn ar eu hyll, ac yn mynd i sefyll bob ochor i'r drws, a'u gynnau'n barod. 'Ar eich traed!' gwaeddodd un. 'Dwylo uwch eich pennau! *Lieutenant-General* Lincoln J. Morgan, Byddin yr Unol Daleithiau, Cadfridog Adran Awyr Arbennig Parry-Morris!'

Mi gododd y Dirprwy a'r Llyw ar eu traed, ac i mewn i'r stafell daeth cawr o Gadfridog mawr croenddu mewn helmed ddur a sbectols haul, a refolfar yn ei felt, a mashîngyn dros ei ysgwydd. 'Reit 'te!' gweiddodd. 'Ble mae o? Mi gewch chi ddeg eiliad i ateb.' Mi estynodd y gwn oddi ar ei ysgwydd, a doedd dim dwywaith ei fod o'n barod i'w saethu nhw'n ddau ogor.

'Ble mae pwy?' meddai Schinkel.

'Ble mae pwy, y Natsi uffar? Ble mae pwy? Llywelyn Parry-Morris, dyna pwy! Arwr Cymru Newydd, y Gandhi Cymreig, y dyn roes ei enw i'm criw hogiau i. Be 'dach chi wedi'i wneud efo Parry-Morris?'

Bu rhyw osteg oer. Mi gliciodd y Cadfridog glicied ei wn. Mi ddywedodd y ddau warchodwr rywbeth bras iawn o dan eu gwynt. A dyna Parry-Morris yn cymryd cam yn ei flaen.

'ARHOSWCH YN EICH UNFAN!' gweiddodd y Cadfridog a'i filwyr efo'i gilydd, ond ddaliodd y Llyw ddim sylw. Dim ond gwenu, a mynd at y cawr swyddog, gan estyn ei law. 'Myfi ydyw Hwnnw,' meddai, a'r H yn ddigamsyniol fawr. 'Y fi ydi Llywelyn Dafydd Parry-Morris, Llyw Gweriniaeth Cymru Newydd. Ac mae hi'n fraint gen i eich croesawu chi i'm gwlad, yn enwedig ag enw mor addawol! Fedar Lincoln a Morgan efo'i gilydd ond dod ag anrhydedd fawr i'ch teitl ac i'ch teulu! Fel y mae rhoi fy enw i ar eich adran chi'n dod ag anrhydedd fawr i minnau, neu yn hytrach i'm gwlad. Croeso, gyfeillion! A gyda llaw, Gadfridog, ga'i gyflwyno ichi fy nghyfaill a'm cydweithiwr i, Heinrich Schinkel, sydd hefyd, fel y gallaf i dystio, yn gyfaill diffuant i Gymru. Bod yn Ddirprwy i'r Reich yng Nghymru Newydd fu ei goelbren. Ond mi fydd o maes o law yn ddinesydd anrhydeddus o Weriniaeth sofrannaidd, annibynnol Cymru – Hen, Newydd a Thragwyddol!'

Sefyll fel delw wnaeth y Cadfridog, ac estyn ei law yntau mewn perlewyg. Mi edrychodd y ddau warchodwr yn ddryslyd ar ei gilydd ac ar eu pennaeth, a'r Llyw yn cerdded draw i fwrw golwg drostyn nhw am i fyny ac am i lawr. 'Da iawn chi, foneddigion!' meddai. 'Fel pin mewn papur, a hynny o dan amgylchiadau anodd iawn. Heddychwr ydw i, yn unol â hen draddodiad Methodistaidd fy nheulu. Ond mi fedra i werthfawrogi steil mewn soldiwr hefyd.'

Mi saliwtiodd y milwyr fel un gŵr. Rhythu yn syfrdan wnaeth Heinrich Schinkel am eiliad, ac wedyn chwerthin nes oedd o'n ei ddyblau, a hynny mor uchel, mor heintus, mor hwyliog, nes bod y Cadfridog a'r ddau warchodwr nhwythau yn glanna chwerthin hefyd. Ac mi ddaeth rhyw wên bach urddasol ar wefusau'r Llyw hyd yn oed. 'Arglwyz, Llywelyn!' meddai Dirprwy'r Reich. 'Un ar y naw ydach chi!'

DOD I BEN

1 *Gwyn eu byd*

Toc wedyn, roedd Parry-Morris, y Cadfridog Morgan, Schinkel a Mejor Frazer-Mackintosh yn eistedd efo Syr Gwilym a Miriam Adam-Jones ym mharlwr Llys y Dirprwy, yn llymeitian peth o Sauterne melys ola' Schinkel, ac yn gwrando ar newyddion y BBC Alltud o Ottawa. Mi dorrwyd ar draws y bwletin er mwyn i Winston Churchill, Prif-Weinidog Alltud Prydain Fawr, gael gwneud darllediad arbennig. Roedd y dyn mewn gwth mawr o oedran, ac yn methu siarad ar goedd am fwy na munud neu ddau ar y tro. Ond 'd âi ei chydig eiriau myngus o byth yn ango' gan yr un ohonyn nhw.

'Fy nghyd-ddinasyddion, ble bynnag byth y boch, yr ydym ni gyd yn diolch ac yn gorfoleddu wrth glywed bod milwyr ein cynghreiriad newydd dewr, Unol Daleithiau America, wedi cyrraedd yn ddiogel ar lannau Ewrop, a fu o dan orthrwm ers cyhyd. Ac wrth ein cyfeillion ni yng Nghyngres America, rydw i'n dweud: gwell hwyr na hwyrach!

'Draw yn y Dwyrain, gwelwyd golau yn y fagddu. Ac mae'r golau newydd hwn wedi disgyn yn gynta' ar aelod bychan ond annwyl o'n teulu hynafol ni o genhedloedd: cenedl hen ac anorchfygol Simrw.

'Heno, felly, gallaf ddweud wrthych chi i gyd:

127

Codwch eich calon! Fedra i ddim datgan eto fod y digwyddiadau mawr hyn yn ddiwedd ar ein dioddefaint hir ac ofnadwy. Efallai'n wir nad dyma ddechrau'r diwedd, hyd yn oed. Ond efallai nad ydw i'n mynd gormod o flaen ffawd wrth ddweud mai dyma ddiwedd y dechrau. Duw gadwo'r Brenin!'

'Mae o'n dweud y gwir,' meddai'r Llyw, 'waeth beth mae rhywun yn ei feddwl amdano fo'n gyrru'r milwyr i Don-y-Pandy i dorri streic y glowyr ym 1926. Gwyn eu byd y rhai a erlidir o achos cyfiawnder – fel y dywedodd gŵr mawr o Gymro – canys mi gân 'nhw weld diwedd y rhyfel mwya' erchyll fu erioed. Ac mi gawn ninnau yma weld geni ein cenedl o'r newydd. Codwn ein gwydrau, gyfeillion, i Heddwch, i Gyfeillgarwch, ac i Gymru!'

'Heddwch, Cyfeillgarwch, Cymru!' medden nhw i gyd. Roedd dagrau yn llygaid rhai ohonyn nhw, hyd yn oed Miriam, ond yn enwedig Schinkel. Syr Gwilym dorrodd ar draws y distawrwydd hir synfyfyriol. 'Ond, Llyw,' meddai. 'Dach chi erioed yn dweud mai Cymro ddywedodd y geiria' mawr rheini?'

'Mi fuon ni'n gwneud efo'n gilydd, Feistr, ers blynyddoedd mawr, adeg heddwch ac adeg rhyfel. A wyddoch chi ddim hyd heddiw pryd i 'nghymryd i o ddifri!'

2 *Be' ddaeth o Gymru Newydd, a'r bobol yn y chwedl?*

A dyna chwedl arall yn cael hyd i'w diweddglo'i hun, ac yn cymryd ei lle yn llên gwerin Cymru. Cyn hir, yn null y chwedlau, mi ddaeth y cwbwl yn wir. O ludw

Ewrop, a'r rhyfel drosodd, a Hitler wedi gwneud amdano i hun (ar Ddydd Gŵyl Dewi Sant), mi gododd gweriniaeth fach, ddewr, sofrannaidd Cymru, fel roedd y Llyw wedi darogan. Roedd parch iddi fel aelod o Gynghrair Ewrop, a gwastad gan amla' oedd y ddesgil rhyngddi hi a'r hen elyn dros y Clawdd. Fyddai hi byth yn gyfoethog, ond roedd hi'n hapus. Ei harlywydd cynta' hi, wrth reswm, oedd Llywelyn Parry-Morris, yn hen, ond heb laesu dwylo. A phan ailsefydlwyd Urdd Llywelyn a Glyn Dŵr, dyna anrhydeddu yn gynta' yr Arglwydd Brackenthorpe a chyn Ddirprwy'r Reich, Schinkel. Mi gafodd y Cadfridog Lincoln J. Morgan, Byddin yr Unol Daleithiau, ryddid tre Caernarfon. Ailfedyddiwyd y Black Boy ar ei ôl o, ac roedd siambrau newydd yn y castell at ei wasanaeth pan fynnai, yn gydnabyddiaeth am ei wasanaeth i'r Wladwriaeth fechan. Roedd o'n uchel iawn gan y Cofis, a bu suon ei fod yn gyfeillgar iawn efo amryw o fodis y dre. Cadwyd adfeilion y Cartref Anrhydedd fel rhyw gofadail genedlaethol. Ac ar y llechwedd uwchlaw, mi godwyd cofgolofn i ddynion y Llynges Arctig Sofietaidd. Dadorchuddiwyd honno yn grynedig gan Marsial Zuvotsky ei hun, a hen Seindorf Gwaith Moduron Cowley yn cyfeilio o dan arweiniad ei bandfeistr emeritws 95 oed. Seindorf Gwaith Moduron Machynlleth oedd hi bellach, a'r hen ffatri arfau wedi ei hailwampio i wneud y Morris Mil newydd, sef y Llyw Bach.

Roedd hi'n well gan Syr Gwilym a'r Foneddiges Miriam aros yng Nghymru hefyd, pan ddaeth pethau i drefn yn ôl. Mi aeth o yn weinidog Methodistaidd, a bu hithau am flynyddoedd yn arweinyddes fawr ei pharch ar Ferched y Wawr. Mi briododd Emrys ac Angharad, wrth gwrs, a buon nhw'n byw yn hapus efo'i gilydd am o leia' blwyddyn. Mi aeth amryw o'r athrawon bach snichlyd rheini yn eu holau i Rydychen, lle buon nhw am weddill eu hoes yn dwyn i go' eni Cymru Newydd o dan arweinyddiaeth ysbrydoledig eu hen gyfaill a'u cyd-athro Dr Parry-Morris. Am amser maith, bu gwahoddedigion Trên OX1 yn cyfarfod bob blwyddyn yn stesion Rhydychen i hel atgofion.

A'r Llyw ei hun? Fel y gwyddom ni i gyd, bu hwnnw byw yn hen iawn, a'i lygad heb dywyllu, a'i ddawn dyfynnu mor iraidd ag erioed. Bu farw o'r diwedd yn ei stafell arlywyddol ar yr union ddiwrnod y cwblhaodd yr wythfed gyfrol o'i waith anferthol ar draddodiadau cefn gwlad. Yn Rhydychen, cewch weld ei wyneb wedi ei anfarwoli yn y garreg fargod uwchlaw cwod Coleg yr Iesu, a'i benwisg dderwyddol am ei ben. Mae o'n hynod o debyg i'r dyn, yn ôl y rhai oedd yn ei nabod. 'Bron na chlywch chi o'n siarad!' medd pobol weithiau, â rhyw fymryn o ddireidi hoffus. Yng Nghymru fe'i coffeir yn benna' yn y cerflun arwrol yn Sgwâr Parry-Morris yng Nghaerdydd, a'r geiriau enwog *Ein Llyw Cyntaf* o dano.

DIWEDDGLO'R REALYDD

Fel y gŵyr pawb, nid felly y bu. Oresgynwyd
mohonom ni gan yr Almaenwyr, diolch i Dduw.
Gwahanol iawn fu diwedd yr Ail Ryfel Byd. Fu erioed
y fath ddyn â Llywelyn Parry-Morris. Fu'r Cymry
erioed, hyd yma, yn wynebu difodiant ym mynyddoedd
Eryri.

Ond ar un ystyr, mae'r chwedl yn dal i fagu ei
gwirioneddau ei hun. Ar ôl 800 o flynyddoedd heb
rym, mi gafodd Cymru o'r diwedd ryw fesur o
hunanlywodraeth – mesur bychan iawn, mesur
chwerthinllyd a dirmygus, fel y byddai'r Llyw yn
dweud. Ond troed yn y drws, yr un fath. Un diwrnod,
yn saff ichi, mi wireddir y freuddwyd oedd gan Parry-
Morris i'n gwlad fechan. Yr hawl i fyw yn ei ffordd ei
hun, yn unol â'i gwerthoedd ei hun, heb ddal dig yn
erbyn neb, a heb godi neb yn ei phen.

Ond ara' deg y digwyddith hynny, mae'n siŵr, heb
fantais rhamant a chwedl. Efallai y dyddiau hyn nad
oes arnom angen arwyr na dihirod i lenwi ein hanes.
Mae rhai fel Marsial Zuvotzky a'r Cadfridog Morgan
fel petaen nhw eisoes yn gymeriadau o ryw orffennol o
dan gabl. A diweddodd Heinrich Schinkel, meddan
nhw i mi, yn hen bensiynwr addfwyn mewn cartre
henoed yn Dortmund.

Ond siawns nad oes lle o hyd, hyd yn oed y tu allan i

131

chwedl, i wron fel Parry-Morris. Dyn dewrach nag y gwyddai ef ei hun, heb fod yn gymaint o lembo ag yr oedd pawb yn amau, a'r dyn, wedi'r cwbwl, a sgrifennodd y llyfr anfarwol hwnnw *Chwedlau a Thraddodiadau Eifionydd* (wyth gyfrol, croen llo, wedi maeddu ychydig bach, £150 am y cwbl).

DIWEDD